膨らみを包み、捧げるようにして、唇にそこを渡した。
「……っ」
舌が、私の胸の先を濡らす。
女性ならば、悦びを感じるかもしれないその行為も、ただ胸を痛めるだけだった。

手は脚を這い上り、私の秘部に近づく。

奪われてしまうのか。

そうすれば私を手に入れたと思うのか。

「こんな……」

王位と花嫁

火崎 勇

white heart

講談社X文庫

目次

イラストレーション／周防佑未

王位と花嫁

自分は、幸運な娘だと思う。

まずは、生まれがウォルシュ公爵家であったこと。

ウォルシュ公爵家は、このリンド王国で屈指の有力貴族。その娘である私は生まれた時から蝶《ちょう》よ花よと育てられてきた。

そして容姿が平均よりも上であることも、女性としては幸運だ。

お母様が美しい方なのだから当然と言えば当然なのだけれど、淡い金色の柔らかな髪、白い肌、少し気が強い性格を表したような真っすぐな口元、目はお母様と同じ深い青。

取《と》り敢《あ》えず、お世辞が入っていたとしても、『ウォルシュ公爵家のロザリンド嬢は美しい』と言われている。

そして極め付きが『王子の婚約者』という地位だ。

ただ、その立場は、王子であるローウェルが私に恋をしたから……、ではない。色々と政治的な都合でのこと。

この国には王子が二人いた。

一人は私の婚約者でもあるローウェル様。

もう一人は弟君のラルフ様。

二人の王子というのは、しばしば王位継承問題において火種になる。しかもお二人は生母を異にしていた。

ローウェル様の母君は正妃。隣国の王家の姫君。政略結婚だった。

お二人の間には、義務と礼儀と尊敬はあったが、恋愛はなかった。

王族の結婚、いえ、貴族の結婚においては珍しいことではない。責務のある地位の人間にとっては、当然のことだ。

ただ、陛下は誰にも愛情を抱いていなかったのではなく、王妃様以外の女性にその全てを向けていたことが問題だった。

それが、ラルフ様のお母様だ。

ラルフ様のお母様であるリリアンナ様は、伯爵令嬢で、王妃様が嫁いでいらっしゃる前から陛下とは親しくしてらした。けれど伯爵令嬢では、隣国の姫を押しのけて王妃になれる身分ではない。

王妃様が嫁いでいらっしゃる時に館を与えられ、城を下がった。

王妃様は、陛下に愛妾《あいしょう》がいると知っていらしたけれど、その女性が決して自分の目の前に姿を現さない、城にも来ないということで黙認なさったらしい。

王位の第一継承者である王子も授かり、ヘタに騒がない方がいいと思ったのか、王妃としてのプライドで相手を気にかけることをよしとしなかったのか。

いずれにせよ、そのままであれば大きな問題はなかっただろう。

しかし、リリアンナ様にお子様がお生まれになり、それが男の子であったことから、宮廷内はざわつき始めた。

それでも、国王陛下はリリアンナ様とお生まれになったラルフ様を城に迎えることはせず、リリアンナ様もそれを望まなかった。

自分達の存在を、無視はしても否定をなさらない王妃様への配慮もあったのだろう。誰もリリアンナ様やラルフ様のお姿さえ見ることなく、陛下はお二人の存在を陰に置き続け、リリアンナ様もそれを受け入れてらした。

周囲の者達も、正妃の年上の王子と、愛妾の年下の王子。次代の王になるのがどちらかは明白だ。敢えて騒ぎを起こす者もいなかった。

だが……。

ざわつきはざわつきのままに過ぎていた日々が、ある日突然状況が変わった。

王妃様が亡くなられたのだ。

流行《はや》り病によるものだった。

続いて、喪が明けると、陛下がリリアンナ様を王妃として正式に城へ迎えてしまった。

こうなると大問題だ。

今までは、正妃の王子と愛妾の王子、きっぱりとした線引きがなされていた。だがリリアンナ様が王妃になられれば、お二人ともが『正妃の王子』となってしまう。

しかも、ラルフ様は年下でも年の差は僅《わず》かに三つ。

リリアンナ様は陛下の愛情を一身に受け続けた方、そのお子様であればラルフ様の受けられる陛下の愛情も深いだろう。

もしかしたらローウェル様を差し置いて、ラルフ様に王位を譲られるかもしれない。

宮廷内はあっと言う間にローウェル派とラルフ派に分かれた。

リリアンナ様は本当に控えめな方だったので、それをよしとはせず、ご自分は城へ上がったがラルフ様を館に残されたのはよい判断だったと思う。

お陰で表立った争いは起きなかった。

けれど、画策する者はする。

そこで立ち上がったのが、私との婚約だ。

国内有数の有力者の娘との結婚。

リリアンナ様のご実家は伯爵家、長く館に引きこもっていたせいでラルフ様の後見に立つような有力貴族もいない。

一方、ローウェル様にウォルシュ公爵の後ろ盾が付けば、向かうところ敵なし。王位継承者としての立場は確固たるものになる。

私とローウェル様の婚約はそのようにして決定した。

これでローウェル様が二目と見られぬ醜男《ぶおとこ》で、性格が悪かったら、私も不幸を感じたかもしれない。

だが、ローウェル様とは子供の頃から兄妹《きょうだい》のように親しくしていてよく知っていたが、そのようなことはなかった。

まず容姿。

金髪、碧眼《へきがん》の王子様を体現したような容姿は、宮廷内の女性達がため息を漏らすほど。王子として大切に育てられたせいだろう、性格は穏やかで鷹揚《おうよう》。礼儀正しく、荒々しいところなど一つもない。

楽器を演奏し、詩を朗読し、狩りと乗馬の腕前は特上。勉学も優秀で、女性には優しく、動物も子供も好き。

欠点は、優し過ぎるところだろうか？

争いが嫌いだから、少しでも揉《も》め事《ごと》になりそうだとスッと引いてしまう。

「王子が強く出れば、争った相手は悪者になってしまうからね」

というのが理由だそうだ。

確かにそうかもしれない。でも私としては何か物足りなくて、つい「それはわかるけれど、次期国王としての威厳も必要よ？」と言ってしまう。

のんびりした彼と、気の強い私は、ある意味お似合いなのかもしれない。

気心の知れた美しい幼なじみの王子との結婚。

ゆくゆくは私はこの国の王妃。

女性として生まれ、これほど幸福なことがあろうか？

けれど、人生というものはそう何もかも上手《うま》くいくわけではない。よい時があれば悪い時もある。

今までずっと『いいこと』ばかり味わってきた私に、ついに『悪いこと』が回ってくる日がやってきた。


その日、メイミは朝から少し様子がおかしかった。

メイミ、というのは私の乳母の娘《むすめ》で、今は私の侍女をしている娘《こ》だ。

メイミとは、子供の頃からずっと一緒だった。

年が私より下だから、妹のような感じだった。私には、女兄弟がいなかったので。

小柄な身体《からだ》に幼さの残る顔立ちと、ウエーブのかかった黒髪に濃い緑色の瞳《ひとみ》。笑うと右の頬《ほお》に小さいエクボができるのがとても可愛《かわい》らしい。

控えめで、よく働き、心遣《こころづか》いも細やかで仕事も丁寧。

私にとっては最高の侍女。

いつか、お城に上がることになっても、彼女だけは連れていこうと思っていた。

そのために、ローウェルが来ると、私が支度を整えている間相手をさせていた。ローウェルが彼女を気に入ってくれれば、貴族ではない彼女を城に連れていく許可をくれるだろうと考えて。

思惑どおり、ローウェルからは彼女に対する褒め言葉をもらっている。けれどその完璧《かんぺき》な侍女のはずのメイミが、今日は朝から私の髪を梳《と》かしている最中にブラシを落としたり、ドレスの着替えを手伝っている時にボタンをかけ違えたりと、どうも落ち着きがない。

今も、私のお茶の用意をしながら時々手を止めてはため息をついている。

「どうしたの、メイミ。具合でも悪いの？」

ついに我慢できず、私はそう問いかけた。

メイミは驚いたようにハッとし、困った顔で首を振った。

「いいえ、何でもございませんわ、ロザリンド様」

「本当？　もし体調が悪いのなら無理せずに言っていいのよ」

「本当です。全然平気です」

とは言うものの、いつもにこにこと笑顔を浮かべている顔は少し強《こわ》ばっている。

「身体に異常がないのなら悩み事でもあるの？　私でよければ相談に乗るわよ？」

「いいえ。お嬢様に相談なんて……。少しだけ気にかかることがあるのですが、私の思い違いかもしれません」

「そう？　それならいいけれど」

けれど悩みがないと否定はしなかった。ということはやはり悩み事があるのね。

一体何かしら？

高い食器を割ったとか？　いいえ、それなら他の召し使いから私に報告が入ってきてるわね。

召し使いの誰かにイジメられてるとか？　それもないわね。私のお気に入りで、乳母の娘であるメイミをイジメたりすれば、イジメた方が叱《しか》られるもの。第一、メイミ自身にイジメられる要因がない。

彼女は召し使いの間でも可愛がられているのだから。

ではお金に困っているとか？　……彼女は金遣いも荒くないし、十分なお給金をもらっているので、これも考えにくいわね。

メイミの顔から笑みが消えると、それだけでこちらまで不安になってしまう。

身近な人が笑ってくれている、というのがどれほど気持ちを穏やかにしてくれるかに、初めて気づいた。

「ねえ、メイミ……」

私に相談できないと言われたけれど、やはり気になるので、もう一度だけ尋ねてみようと思った時、ドアがノックされた。

「はい」

私の言葉が宙に浮き、メイミが返事をしてドアを開ける。

細く開けた隙間《すきま》から聞こえてきたのは、メイドの声だった。

「ローウェル様がおいででございます」

今日は彼が話があるから訪ねると知らせがあった。彼は我が家によくやってくるので、珍しいことではない。

なのに、メイドの声は困惑した響きがあった。

「いつものお部屋へお通しして」

椅子《いす》に座ったままそう言うと、メイドは更に言葉を濁らせた。

「いえ、あの……」

「どうしたの？」

「もうこちらに……」

メイドの言葉が終わらぬうちに、扉が大きく開き、ローウェルが入ってきた。

「失礼するよ、ロザリンド」

淡いグリーンに金の刺繡《ししゅう》が入った上着に身を包んだ、金髪の美青年が入ってきた。

「まあ、私室を訪ねるなんて、非礼だわ。ティールームで待っていてくださいな」

「私と君の仲ならば構わないだろう？　二人きりにならず、メイミにも残ってもらえば問題はない」

「それはそうですけれど……」

今日はメイミの調子が悪いから、休ませてあげたいのに。

「お茶の支度は彼女に頼むから、さがりなさい。呼ぶまで誰も近づかないように」

ローウェルは戸口に立ったまま、メイドにそう言うと静かに扉を閉めた。

「あなたには珍しく強引ね」

二人きり……、ではなく気心の知れたメイミと三人きりになると、私は態度を砕けさせた。

もう長い付き合いだもの、一々《いちいち》畏《かしこ》まってばかりはいられない。私達は本当に兄と妹のように仲がよいのだ。

「どうしても、君に直接話したいことがあってね」

態度も珍しいけれど、今日は珍しく顔付きも真剣だ。いつもなら、穏やかな笑顔を浮かべているのに。

「わかったわ。ではどうぞこちらに」

いつまでも立ったままの彼に、自分の前の椅子を示す。

けれど彼は何故《なぜ》か控えているメイミの後ろに立った。

「ローウェル?」

そして両手を彼女の肩に置くと、真面目《まじめ》な顔でこう言った。

「私は、メイミと結婚する」

一瞬、何の冗談かと思った。

だって、あり得ないことだもの。

私との婚約が公式のものだというだけでなく、メイミは貴族でもなく、我が家の召し使い。

一方のローウェルはこの国の王子、王位継承者なのだ。

「私はメイミを愛しているんだ」

繰り返すように口にする言葉に、だんだん嫌な予感がしてきた。

まさか……、彼は本気なの?

「ここを訪れるたびに、私の相手をしてくれる彼女の笑顔に心を奪われた。彼女を愛して

しまった以上、君を妻にすることはできない。もちろん、メイミを王妃に、と言えないこ

とはわかっている。だが、妾妃《しょうひ》にするつもりもない。彼女を城に連れていくことなどで

きないし、王妃にとって王に愛妾がいるということがどれだけ辛《つら》いことか、母を見てわ

かっているから」

小さな身体を更に縮めて俯《うつむ》くメイミの肩を掴《つか》んだまま、彼は続けた。

「私は愛する人を日陰の身にしたくはない。だから、彼女と正式に結婚したいのだ。王子として許されない相手だということもわかっている。だから、私は王子の身分を捨てようと思う。王位よりも、彼女への愛を取りたいのだ」

後ろめたさもあるのか、彼は滔々《とうとう》と語り続けた。

「君は美しく聡明《そうめい》で素敵な女性だと思う。だがメイミは私の心を癒《い》やしてくれるのだ。宮廷での苦しい空気を、彼女は打ち消してくれる。君も知ってのとおり、私の周囲には欲望や面子《メンツ》、地位や血筋を争う人ばかりだった。けれどメイミは違う。私を何者とも比べず、自分の立場を卑下《ひげ》することもなく、いつも笑って話しかけてくれた。ただ側《そば》にいるだけで私を幸福にしてくれるのだ」

「……本気で、メイミと結婚するつもりなの？」

王子としてではなく、幼なじみを相手にする気安さで言葉がぞんざいになる。

「そうだ」

毅然《きぜん》と答える彼に、私はついに我慢できずに声を荒らげた。

「冗談じゃないわ！」

「お嬢様……！　申し訳ございません……」

泣きそうな顔でメイミが頭を下げたが、私の怒りは彼女にはこれっぽっちも向いてなどいなかった。

怒りの矛先はローウェルへ、だ。

「いいこと、ローウェル。メイミは私の大切な妹なのよ。欲しいと言われて『はいそうですか』と渡せるわけないでしょう」

私の言葉に、二人は揃《そろ》って『そっち？』という顔をする。

「ええと……、ロザリンドは私達の結婚に反対なんだね？」

「今のところは反対よ」

「君が王妃になりたいから？」

私はジロリとローウェルを睨《にら》んだ。

「私が未来の王妃になるのは『務め』としてのこと、『望み』じゃないわ」

ついでに言うなら、あなたを『愛している』からでもない。でもそのことはお互いわかっているだろうから今口にしなくていいわね。

「それじゃあ何故……」

「それを説明してあげるから、まず座りなさい」

私は自分の前の椅子を再び示した。

他の誰かが聞いていたら、王子に『座りなさい』と言う私をたしなめただろう。けれどここには私達三人しかいない。

「メイミ、あなたも座りなさい」

「でも私は召し使いで……」

「いいから座りなさい。長くなるでしょうから」

「……はい」

ローウェルは正面の椅子に、メイミは遠慮してドレッサーの椅子を持ってくるとテーブルから少し離れた場所で腰を下ろした。

「ローウェル、王子様としてのあなたなら、私も言葉を選び、敬意を示してお話しするでしょう。でも幼なじみのあなたには、敬語も使わないし、気遣いもしないわ」

「もちろん、それでいいよ」

「まして、私の大切なメイミの求婚者だというのなら、歯に衣《きぬ》着せずはっきりと言わせてもらうわよ」

「……ああ」

本人の了承を取った上で、私は正直な気持ちを口にした。

「あなたの考えは甘い、甘過ぎるわ」

「甘い？」

「ええ。まず、あなたは自分がどういう立場だかわかっている？」

この質問は想定内だったのだろう、ローウェルは、驚いて崩していた表情を引き締めると、小さく頷《うなず》いた。

「王位継承者だ。いずれこの国の王となるべき者だ。だが、王位を継げる者は私しかいないというわけではない」

「ラルフ様ね？」

「公式の場には出ていないが、私は親しくしている。大変聡明で、行動力のある人物だ。王子と名乗るに相応《ふさわ》しいと私は思っている」

「私がどうしてあなたの婚約者になったか、わかってる？　その王子との争いを避けるためなのよ？」

「私が継承権を放棄すれば、王子は一人、問題はない」

「それでいいと思っているの？」

ローウェルは大きく頷いた。

「私は自分が王には向いていないと思っている。宮廷内の争いを前にしても、私にできることは解決ではなく笑ってその場を流すだけだ。他人を叱責《しっせき》したり、裁定したりすることができない。王子としての自分の力が怖いのだ」

「怖い？　いつも上手くやっているのに？」

彼は苦笑した。

「今言ったように、それは笑ってその場を流しているだけだ。根本の解決にはなっていない。言い争っている者がいれば、『今はそんな話はしないでおこう』とは言える。私が言えば諍《いさか》いはおさまるが、後で私の目の届かないところで再び始めるかもしれない。双方に理由があるかもしれないと思うと、争いの理由を聞いて、どちらが正しくどちらが正しくないかを決めることができないのだ」

優し過ぎるローウェルの性格がどこから来ているのか、私は知っている。

前王妃のお母様のせいだ。

前王妃様はとてもお優しい方だった。それだけでなく、外国から嫁いできたことが負い目となり、今のローウェルのように『争いの決着に関与しない』と決めていらした。

どちらかに肩入れすれば、反対の者が敵に回るかもしれない。

ラルフ様がお生まれになってからは、特に『敵を作らない』ということにお心を砕いていたそうだ。

自分の敵はラルフの味方に、ローウェルの敵になるかもしれないと恐れて。

そのご性格がローウェルにもうつったのだろう。

「幼い頃はそれでもよかった。けれど大人になってまでこんな性格のままではいけないというのはわかっている。だが今から性格を変えることはできないだろう」

「裁定は裁判官に任せればいいわ」

「一々裁判などと公にする必要もない、ささいなこともあるだろう？　そしてそういうささいなことが、大きな火種となるのだ」

「そこまでわかっていて、継承権を放棄したいのね？」

「私は多分、執政官など、事務仕事が向いているのだろうね」

自嘲《じちょう》気味に彼は笑った。

「笑いごとじゃないわ。もと王子が事務官になれるわけがないでしょう」

「わかってる。メイミも貴族としての教育を受けているわけではないし、私達は名を捨て、街に下りて二人だけで静かに暮らそうと……」

そこまで聞いて、私の眉《まゆ》がピクリと上がった。

「そこが甘いのよ」

「ロザリンド？」

「お嬢様？」

私はローウェルを睨んだ。

「まず継承権を返却し、野に下るということにも大きな障害があるでしょうし、認めてもらえるかどうかわからないけれど、取り敢えずそのことは『駆け落ち』という最後の手段があるからよしとしましょう。問題はその後よ」

「その後？」

「生まれてこの方、王宮暮らしのあなたが、どうやって街の生活をするというの？　どうやってお金を稼ぐつもりなの？」

「それは……」

「メイミだけを働かせるわけじゃないでしょうね？」

「そんなことをするわけがないだろう」

ローウェルは語気を強めて否定した。

これは嘘《うそ》ではないようね。

だったら余計に現実を話さなくては。

「いい？　メイミは私の婚約者を奪うのだから、当然ウォルシュ公爵家から出されるわ。侍女としての働きは一流でも、国一番の公爵家からお暇《ひま》を出された者を雇う人はいないでしょう。彼女は貴族の召し使いにはなれない。そうなれば街でお針子や給仕の仕事をしなくちゃならない。そんなもので得られるのは僅かな賃金よ。とてもじゃないけど、『元王子様』の生活は支えられないわ」

「私が働く」

勢いよく身を乗り出した彼に、私は冷たい一言で返した。

「何をして？」

「どこかの事務官に……」

「さっきも言ったでしょう。王族を使える者などいないわ。いるとしたら、同じ王族だけ。でもその王の一族を裏切って出て行くのだからそれも無理よ」

「裏切るわけではない」

「王子として王位を継ぐようにと命じられたことを断るのよ？　裏切りに決まっているでしょう」

「う……。そうかも……」

王位は天命。

それを断るのは天や王に背くことなのだとやっと理解したようだ。

「まあ、『向いていない』人間を王に座らせるのは民への裏切りだとかなんとか言い逃れもできるから、重く考える必要はないわ。でも公式には優しい陛下であっても諸手《もろて》を挙げて賛成できないというのはわかるわよね？」

二人は子供のようにコクリと頷いた。

「私が問題にしているのは、生活費のことよ」

「生活費？」

「生活するために必要なお金のこと。食事の材料を買ったり、服を買ったりするお金のこと。それは天から降ってくるものではなく、自分の働きで稼ぐものなの」

「それぐらいわかっている」

「ではあなたは何をやってそのお金を稼ぐの？　街にはいろんな仕事があるわ。でもあなたにできることはない」

「一つぐらいは……」

「何をして？　職人？　知識も技術もないのに？　料理人？　料理を作ったこともないでしょう。商売人も無理ね、他人に頭を下げることなどしたこともないし。医者も無理」

「本は読める」

「読んだからといってお金を払ってくれる人などいないわ」

「朗読者というのがいるぞ」

「そういう人を雇うのは貴族で、貴族があなたを雇うことはないと言ったでしょう」

すっかり項垂《うなだ》れてしまったメイミを見て、私は少し声のトーンを落とした。

考えの甘いローウェルには説教してやらなければならないけれど、妹のように可愛いメイミを傷つけたいわけではないのだ。

「メイミがうちの仕事を辞めるとなったら、私がいくらかのお金をあげるわ。でもそれはメイミのお金であってあなたのじゃない。あなたが持ち出せるお金は王子としてのお金、それは税金として王家が集めた民のお金だから、王子を辞めるあなたは持ち出すことはできない。装飾品にしても、あなた個人のものは何もないのよ」

王族、というのはそういうものなのだ。

国の全てのものが王のものであるが、王『個人』のものではない。

「知識や教養は、どんなに優秀であっても街で働くためにはあまり役に立たないの」

私の言葉が事実であることは理解できたのだろう。ローウェルはすっかりしょげて、意気消沈してしまった。

「お嬢様。私が働きます」

メイミはそんなローウェルを見て、口を開いた。

「私、お針ができますわ。お針子でしたら、決していかがわしい仕事ではありませんし、頑張ればなんとか……」

健気《けなげ》なメイミ。

でもそれも甘いのよ。

あなたは貴族ではないけれど、この家の召し使いの娘として不自由なく育った。飢えた生活をしたことがない。

「メイミ、結婚する以上働くのは夫の務めだ。私の働きで不足があれば少しは手伝ってもらうかもしれないが、君だけを働かせるなんてことは絶対にできない」

ローウェルは手を伸ばし、膝の上にあったメイミの手をぎゅっと握った。

「ロザリンド、私の考えが甘かったことは認めよう。二人でいればなんとかなると思っていた。『なんとかなる』は決して計画的な考えではないこともよくわかった。だが、諦《あきら》めることはできないのだ」

ローウェルの真摯《しんし》な言葉に、私は小さくため息をついた。

「あなたが、そこまで本気なら幾つかのアドバイスはできるし、私も可愛いメイミのために僅かな贈り物をすることはできると思うわ」

『二人に』と言わなかったのは、ローウェルの自尊心を傷つけないためだ。

「助言があるならば聞こう」

彼のいいところは、身分が高いのに他人の意見に耳を傾けるところね。

自分で考えられるようになると、もっとよいのだけれど……。

「必要なのは、二人が暮らす家とローウェルの仕事ね。あなたに集合住宅は無理でしょうから、一軒家がいいわ。家は私がメイミに結婚のお祝いとして買ってあげます」

「お嬢様」

「お屋敷《やしき》じゃないわよ。小さな家で、街から少し離れた人の少ない場所がいいわ。あなた達が悪目立ちしないようなところ。それは私に任せて頂戴《ちょうだい》。次はローウェルの仕事ね」

「鍛冶《かじ》になれというなら鉄槌《かなづち》を持つ練習だってするよ」

そんな夢みたいなことを。

「今できることから探した方が早いわ。あなたは狩りの腕がいいし弓も上手いから、狩人《かりゅうど》はどうかしら?」

「それはいい」

「でも今は家臣の手伝いがあるでしょう?　仕事にするには一人で何でもできるようにな

らないと。馬の支度も、猟具の手入れも、獲物の捌《さば》き方も覚えないと」

「暫《しば》く私は狩りに夢中ということにしよう」

「粗末な食事やベッドにも慣れること。絹の上着じゃなく、木綿の服にも慣れないと」

「ああ、そうしよう」

「お嬢様、私は？」

「あなたは料理番について、お料理を学びなさい。二人が、誰にも頼らずに生活できそうだとなったら、私は賛成に回ってあげる。でもそれができない限り、私は反対だし、周囲の者にも気づかれないように注意するのよ」

「ありがとう、ロザリンド。君には心から感謝し、その助言を受け入れよう。そして、君にも素敵な相手が早く見つかるように祈っているよ」

晴れやかな顔でそう言うローウェルに、私は心の中で苦笑した。

メイミがいなかったら、顔に出してたところだわ。

「さ、それじゃお茶の用意をお願いするわ、メイミ。ローウェル、あなたとはもっと細かい打ち合わせよ」

ローウェル。

優しくて聡明な王子様。

でも、この人は何もわかっていない。

「メイミは私の可愛い妹だから、これからはあなたのことを義弟のようだと思うことにするわ」

「酷《ひど》いな。だが、君の強さには従うべきなのだろうな」

そう、私の方が強い。

だからこそ、私がしっかりしなくては。

メイミの幸せのために。


『君にも素敵な相手が早く見つかるように祈っているよ』

というローウェルの言葉は、心から出たものだろう。

ああいうところが、彼の考えは甘い。

生まれた時から周囲にちやほやされて育ったにしては、彼は立派な人間だとは思う。権力を振りかざすようなことはしないし、浪費家でもないし。

思慮深く、相手のことを考えもする。

でもそれは全てを知ってのことじゃない。

彼は、結婚さえしていなければ公爵令嬢の私は相手にことかかないと思っているのだろう。だから、あんな言葉が出たのだ。

自分は結婚できないけれど、好きな人と結婚しなさい、と。

考えてみて欲しい。

王子と婚約までしておきながら、自分の家の侍女に婚約者を奪われた娘がどう思われるかを。

まず、そんなに嫌がられるような女性なのか、と思われるだろう。

次に、自分の屋敷に王子が通っている時に二人の仲に気づかなかったのか、侍女の主《あるじ》としての監督責任はどうなのだと言われる。

公爵令嬢として、婚約者として、何故王子が王位継承権を捨てると言った時に諫《いさ》め、思い留まらせなかったのだと叱責されるに違いない。

特に陛下はそのことに対してお怒りになるはずだ。

お父様が失脚することはないだろうけれど、そのお父様の権力をもってしても、陛下の怒りを買った私に近づこうという男性はいなくなるに違いない。

まあ、結婚したい相手がいるわけではないから別にいいのだけれど、公爵令嬢がいかず後家になるのは醜聞だわね。

業を煮やしたお父様が、変な人と結婚させたりしないといいのだけれど。

私のことはまあいいわ。

大事なのはメイミとローウェルの結婚よ。

……考えるとまたため息が出てしまう。

しがらみが何一つなければ、二人はお似合いだと思う。

育ちの良いおっとりとしたローウェルと、よく気づいてよく働くメイミは、よい家庭を築けるだろう。

お金があれば。

私は知っている。

お金がなければ生きてゆくためのものが何一つ手に入らないことを。メイミも知っているだろう、でも多分ローウェルは知らない。

彼が愚かだというのではない。

彼が何かを手に入れられず不自由するような生活を、周囲の人間がさせず、教えなかったのだ。

だから私は彼が帰る前にそのことについてよく調べるようにと言った。

『民の暮らしを調べたいのだ』と言えば、喜んで教えてくれる人はいるだろう。そしてその事実を知れば、彼はきっとあの甘い考えを捨て、もっと慎重になってくれるだろう。

彼にはそれだけの知性がある。

ローウェルが『これからの生活』について熟考してくれている間に、私にはしなければならないことがあった。

私は召し使いの中で一番信用のおけるジャンを呼ぶと、彼に全てを話した。

ジャンは屋敷の中で唯一、紹介者なく我が家に雇われた珍しい人間だ。

普通、貴族の家で働く者は紹介されてやってくる。身元を保証してくれる人間がいなければ、高価な品々が無造作に置かれている屋敷に入れることはできないからだ。

紹介状がなくても、彼はもうここに十年以上勤め、お父様達の信頼を得ている。

ジャンは、私の話を聞くと呆《あき》れたという顔はしたが、私らしい行動だと言ってくれた。

彼なら、そう言うとわかっていた。

「それで、私は何をすればよろしいのでしょう?」

落ち着いた声で尋ねる彼は生まれながらのフットマンにしか見えず、元行商人の息子だなんて誰も思わないだろう。

「私はローウェルよりものを知ってるつもりだけれど、一般の暮らしというものについてはまだまだ無知だわ。あなたには彼らに何が必要か、私に何が用意できるかを教えて欲しいの」

「そうですね……、お嬢様のおっしゃるとおりまずは家でしょうね。使用人を雇う余裕がないようでしたら、こぢんまりとしたものがよろしいでしょう」

「使用人は多分ダメね。まずは二人だけで生活させないと。そのためにメイミには料理を覚えさせてるわ」

「では後で、経理のことなども教えておきましょう。金銭の管理は彼女が行った方がよろしいでしょうから」

「そうね。……家って幾らぐらいするの？」

「お買いになるおつもりですか？」

ジャンは驚いた顔をした。

「高い？」

「普通は借りるものですね。そちらの方が安いですし、売り家はあまりありませんから」

「やっぱりそうよね。街からあまり離れていないけど、人目につかない場所がいいかと考えたのだけれど、それはどう？」

「よろしいでしょう。ローウェル様が本当に狩人になられるのでしたら、森の近くで、井戸の付いているものがよろしいですね。あとは治安を考慮なさるべきかと。ローウェル様は剣の達人であらせられましょうが、あの方が狩りに出ていらっしゃる間はメイミが一人ですから」

「そうだわ、それを忘れてたわ」

「では、その家探しを私にお命じに？」

ジャンの言葉に私はにこっと笑った。

「違うわ、ジャン。家探しを頼むのではなく、家探しをする私のお供を頼むのよ」

彼の細い目尻《めじり》がきゅっと上がった。

ジャンは目は細いけれど、なかなか整った顔立ちなのよね。年は私よりずっと上だけれど、お父様という年齢ではない。年の離れたお兄様、ぐらい。

私と連れ立って歩いても、変わった組み合わせとは言われないだろう。

「私、一人でゆっくり過ごすための小さな隠れ家が欲しいの。それは決して悪いことではないでしょう？　もし見て回った家の一つに、『誰か』が住むことになっても、私には関係のないことだわ」

「つまり、お嬢様は『隠れ家』を探すという名目で家を見て回り、よいところがあればそれをローウェル様達に紹介する、というわけですね？」

やっぱりジャンは察しが早いわ。

「さんざん見て回ったけれど、やっぱりはしたないことだから『隠れ家』は止めたと言えば、お父様は安心なさるでしょうね」

「それこそ、お金はどうなさるのです？」

「『あの』お金を使うわ。小さな家のお家賃なら、そんなに高くはないでしょう？　計画の実現は遠のいてしまうけれど、ローウェル達が安定したら、彼等にも協力してもらえばいいのよ」

ジャンは、止めても無駄かな、というため息をついてから、静かに頷いた。

「よろしいでしょう。旦那《だんな》様は私が説得しましょう。その時に、私が付いていって、見つけた家のあら捜しをして、諦める方向に持っていきますと申し上げます。その方が頭ごなしに反対するよりもよろしいですよ、と」

「さすがだわ。それでいきましょう」

「お出掛けの際のご身分はどう名乗られるのです？　ウォルシュ公爵令嬢の名を出すわけにはいかないでしょう？」

「そうね……、何がいいかしら？」

「後々のことを考えて、自分の侍女の結婚祝いの家を探すよう、お父様に言い付かったというのはどうですか？」

「悪くはないけど、どこの家の方なのかと訊《き》かれたら困るわ。秘密にする必要がないのに黙っていなくちゃならないのだもの」

お祝いに家を借りてやるほど祝福しているのに家の名前を明かさないというのはおかしいわ。

メイミ達が住んだ後に、どちらのお家《うち》の方ですかと大家に尋ねられては困ってしまうだろう。

「仕方ないわね。私はどこかの伯爵家の若奥様で、秘密の恋人であるあなたとの密会場所と匂《にお》わせることにしましょう。それなら深くは訊かれないはずよ」

「もし尋ねられたら？」

「そういうやじ馬根性のある大家だったら、ローウェル達が住んでからもうるさく嗅《か》ぎ回るかもしれないわ。ええ、そう。そういう大家かどうかを確かめるちょうどいいチェックになるから、わざとそう匂わせましょう。人としてあまりよいこととは言えないけれど、面倒ごとは見て見ぬふりをしてくれる方がありがたいわ」

「まあ、そうと言えないこともございませんが」

「そうと決まれば、明日からでも家探しよ。準備を頼むわね、ジャン」

「明日は無理です、お嬢様。まず、私がこれという家を探し、そちらへお嬢様をお連れすることになりますので、数日はお待ちください」

「……わかったわ。全てあなたに任せます」

「では、旦那様への『わがまま』はご自分で、お願いいたします」

「了解よ」

お父様への『わがまま』。

つまり、私が外に隠れ家を持ちたいと言い出すことね。

何事も早い方がいい。

そう思った私は、早速夕食時にお父様に切りだした。

「私、小さなコテージを借りようと思うの。どこか静かなところに」

もちろん、お父様は驚き、反対なさった。

「何をくだらんことを言っているのだ」

でも大丈夫。

反論はちゃんと考えていた。

「でもお父様、私、ローウェル様の婚約者となってから、宮廷での女性達の風当たりがきつくて……。お気に入りの侍女達を連れてゆっくり過ごせる場所が欲しいんです」

これは完全な嘘というわけではない。

実際、ローウェルを狙《ねら》っていた女性は多く、厭味《いやみ》を言ってくる者もいた。

ただ、私はそれを気にしなかったし、ウォルシュ公爵令嬢にそんな態度を取れる者は少なかったのだけれど。

お父様は、宮廷の内部で女性達がどのように争うかをご存じの方だから、『うむ』と小さく唸《うな》って私の言葉を信じてくださった。

「もちろん、私一人で家を探し歩いたりしませんわ。そういうことには詳しい者を供にしますわ。そうね……ジャンならいいんじゃありません？」

「ジャン？」

私が名前を出すと、お父様はすぐにジャンを呼び出した。

ジャンとはすでに打ち合わせ済みなので、お父様とジャンが、私に聞こえないようにひそひそと話をしている内容は手に取るようにわかる。

まず『お嬢様がそんなことを?』とジャンが驚く。お父様は困った顔でどう反対するかと言っているだろう。

ジャンは妙案があるという顔で、『それでは私が気に入らない物件ばかりを見せて、当家の別宅を使用した方がいいと思わせるようにいたしましょう』と言う。

頭ごなしに反対すれば、意地でもどこかの家を借りてしまうかもしれません。ご自分で『やめた』とおっしゃるように仕向けた方がよろしいでしょう、と。

思ったとおり、会話を終えたお父様は私を見て、小さく咳払《せきばら》いをして言った。

「まあいいだろう。ただし、家が決まったら、私も一度見に行くからな?」

「もちろんですわ」

私はにっこりと笑った。

「私が過ごす場所を、お父様に吟味していただくのは当然ですわ」

どうせ家を決めても私が住むのではないのだから、お父様には知らせなくても嘘にはならない。

「お約束いたします」

なので、これも嘘にはならない。

「では許可しよう。結婚するまでは好きにしなさい。あくまで節度を守ってな」

「はい。ありがとうございます」

お父様は渋面だったが、私は万事上手くいって満足だった。


けれど、結局私がジャンと共に家探しに出たのは、それから二週間も後だった。

まず住む人間の希望を聞いた方がいいということで、メイミに（ローウェルに『小さな家』の好みなどあるはずもないので）色々と聞き、それを元にジャンが幾つかの物件を見つけてからになったからだ。

メイミはその間、毎日私に謝り続けていた。

「お嬢様の婚約者を奪うなんて……」

「私はローウェル様と結婚など考えていなかったんです。ただ好きなだけで十分だったんです」

「この御恩をどうやってお返しすれば……」

「私は何て罪深いんでしょう。今からでもローウェル様にお言葉を取り消すようにお願いしてみます」

それは見ているこちらが可哀想《かわいそう》になるくらい。

いつもの笑顔は消え、だんだん窶《やつ》れてきているようにも見えた。

だから私は気にすることはないと言い続けた。

「あなたが幸せになってくれればそれでいいの。あなたのことは本当の妹のように思っているから。あなたを幸せにしたいというのは、私のエゴなのよ。だから私の好きにさせて頂戴」と。

私がメイミの幸せを願うのは、メイミの知らない理由もある。

もうずっと前に、心に決めたのだ。私はメイミを幸せにするために何でもしよう、と。

それに、私がローウェルを愛していなかったから、というのも大きな理由だろう。

もしも彼を恋人として愛していたら、こんなに簡単には祝福する気持ちになれなかったかもしれない。

私がローウェルに抱いているのは親愛の情と将来この国をよくしてゆこうという同志愛のようなもので、彼が真剣に愛を貫きたいと願うのなら、それを手助けしたいという気にはなっても、別の人より私を選んで、という気にはならなかった。

そのローウェルは、私が許可を出したからか、『私の婚約者』として一週間に一度、私の屋敷を訪れるようになった。

何も知らないお父様達は、殿下が私にご執心だと喜び、何だったらたまには泊まっていかれるとよいと進言していた。

　私とローウェルが二人きりで過ごす時間に、メイドとしてメイミが同席する。

「わかる？　その時の私の間抜けな感じ」

　お父様が用意してくださった、質素な一頭立ての馬車に乗り、御者台で手綱を握るジャンに話しかけた。

「ローウェルはもうすっかり恋するオトコで、メイミしか見てないし、私にはまるで先生に対するように教えを乞《こ》うてくるのよ？」

「実際、今回のことに関しては先生なのでは？」

　二週間目にしてようやく家探しに出てこれた私は、人目を引かぬよう地味な飾りのないドレスにチュールレースのついた帽子を被り、ジャンは私服のスーツ。

　一応設定は、お忍びの『奥様』と『執事』だ。

「確かに、彼よりは物知りだけど、頼られ過ぎても困るわ」

「ローウェル様がメイミを見つめてるのに焼いているわけではないのでしょう？」

「まさか、そんなことはないわ。ただ、恋するオトコって何となく間抜け」

「それはロザリンド様が……」

「『奥様』」

「奥様がまだ恋をしていらっしゃらないからでしょう。恋愛とは、人を哲学者にも愚者にもするものです」

「そういうものなの？　ジャンは恋愛したことある？」

「ありますよ」

「誰と？」

「結婚したらご報告します。今は関係のない話ですから」

「あら、私には関係あるわ。ジャンにも幸せになって欲しいもの」

「『それ』はもういいのですよ、お嬢……、奥様。私は公爵家のフットマンとしてとても幸せですから」

「……ならいいけれど」

馬車は小さな村を抜け、森に近いところにある小さな家の前で停《と》まった。

「到着しましたよ、奥様」

自分でドアを開け馬車から降りる。

手を貸そうとしたジャンは、間に合わなかったことに苦笑した。

「自立してらっしゃる」

と呟《つぶや》いたのは、ちょっとした厭味だろう。

家は植え込みに囲まれていて、ジャンは降りたまま馬車をその中に引き入れたが、そこには一頭の馬が繋《つな》がれていた。

案内してくれる大家の馬かしら？

だとしたら随分《ずいぶん》と羽振りのいい大家さんね。黒毛の馬体はつやつやとしてるし、載せてる鞍《くら》は飾りがないけれど、よい革のしっかりとした作りのものだもの。

「大家さん、先に来てるみたいね」

「のようですね」

馬車の馬を馬留めに繋いだジャンが隣に立つ。

「大家さん、お金持ち？」

「いいえ。貧乏貴族です」

「貴族なの？」

「貴族とはいえ、准男爵です。元は商人でしたが羽振りのよい時に爵位をお金で買いました。ですが、商売の方が立ち行かなくなって、せっかく手に入れた爵位も家も売ることになったんです。すでに田舎に引っ込んで、今日の立ち会いには使用人だった者が来るそうです。ですから羽振りはよくないと思いますよ」

「ここがその人の家？」

「いいえ、妾宅《しょうたく》でした」

「妾宅」

……新婚の二人が住むには、ちょっと抵抗のある響きね。

「新築でなければ、どこも貸し出さなければならない理由、空き家になった理由はあるものです。さんざん見て回った中で、ここが最適だと判断しました。お気に召さないところは改築なさっては？」

「そうね。贅沢《ぜいたく》は言ってられないわ」

にしても、馬のことは気になるわね。

馬好きで、家屋敷は売っても、馬だけは手放さなかったということかしら？

「家へは入っていいの？」

「いいと思いますよ。玄関先で待ち合わせだったはずですが、姿が見えないので中にいるんでしょう」

ジャンが先に立ち、玄関のドアに手をかける。

「失礼いたします」

声をかけてからドアを開けると、中には二人の人間が立っていた。

一人は多分ここの立ち会いの使用人だろう。

年老いてはいるけれど、背筋を伸ばした立ち姿。袖《そで》のところがテカテカに光ったバトラースーツ。

プロの執事、といった風情だもの。

けれどもう一人は、誰なのかしら？

背の高い、黒髪の若い男性。

襟元に青い糸で刺繍をほどこされている黒いシャツ。手にしている黒いマント。ズボンは茶色で、ぴったりとした乗馬用。黒いブーツも乗馬用だろう。

どれも地味だけれど、品物はよさそうだ。

外に繋いであった馬と同じ雰囲気が漂っている。

きっとあの馬は彼の馬ね。

私達に気づいて、二人は同時にこちらを振り向いた。

まあ、若い男性の方は随分整った顔をしているのね。特に目が特徴的だわ。

目尻の方がきゅっと上がって、睫毛《まつげ》が長いのか、髪と同じ黒だからか、目がくっきりと縁取られ真ん中のサファイアのような濃い青の瞳を際立たせている。

独特な雰囲気を持った男性だわ。少なくとも、ぬくぬくと育った貴族の子息には見えないわね。

その男性の目が、私達を見ると僅かに細まった。

「あれが、もう一人の客か?」

執事風の男が答える。

「然様《さよう》で。あちらの方が先でございます」

執事風の男性は、一歩前に出ると私に頭を下げた。

「お待ちしておりました、ノーマン男爵夫人。私がここを任されておりますサイラスと申します」

ノーマン男爵夫人、というのがここでの私の身分であり名前だ。

「よろしく。そちらの方は？」

「はい。先ほどいらしたばかりの方で、『空家』の札と私を見つけて内見したいとおっしゃってきたのです」

「私があんなに案内を頼んでいるのに他のお客を取ったの？」

「まだ本契約ではございませんので、もし奥様がお断りになられた場合のことを考えまして。私はここを誰かに貸し出すか売るかをしなくてはなりませんので」

「……正しいわね。でも優先順位は私の方が先よね？」

「はい、確かに」

それならまあいいわ。

「それじゃ、案内して頂戴」

「かしこまりました、奥様」

執事が頭を下げると、そこにいた男が声を上げた。

「ちょっと待った」

「何でございましょう、エクウス様」

この男はエクウスという名なのね。

「家を案内するなら、俺も一緒に回らせてもらおう。同じことを二度するより、まとめて一度で終わらせるほうが効率的だろう？」

「しかし、こちらの奥様が……」

サイラスが渋って私を見る。

「一緒に回ったからといって順番が替わるわけじゃなし。気の毒な使用人に二度手間を強《し》いるようなことはしないだろう？　奥様」

厭味な言い方ね。

「ええ、いいわ。あなたが私達の邪魔《じゃま》をしないならね」

「貴族の奥様が見て回るよりちゃんとした検分ができると思うから、俺が一緒に回ることに感謝するんだな」

まあ、何て横柄な口の利き方かしら。

彼は貴族ではないようだけれど、こちらが身分を男爵にしたから、軽んじられているのかも。男爵までは、お金で買うことのできる爵位だから。

でもいいわ。

身分を振りかざしたくはない。

腹が立つのは、相手がどんな身分であろうと、人としてちゃんとした態度を取らないことよ。

「サイラスさん、では案内を」

「はい、奥様。どちらからご覧になりたいですか？」

「一番はキッチンよ。ここには何人が暮らしていたの？」

「三人です。女主《おんなあるじ》と料理女と小間使いです。馬丁もいましたが、通いでした」

サイラスはキッチンへ進みながら説明を続けた。

「使用人の女二人は住み込みで、キッチンの横に小さな部屋があり、そこを使っておりました」

「二人一緒？」

「いいえ、別々です。狭い部屋ですので、他の用途にお使いなら、壁を抜いた方がよろしいでしょう」

キッチンは、思ったよりも広かった。

カマドの口も三つある。

「水は？　井戸は敷地《しきち》内にある？」

「勝手口を出てすぐのところに」

よかった。水汲《みずく》みは大変な仕事だから。共同井戸まで汲みに行く、なんてことになったらメイミもローウェルも水汲みだけでクタクタになってしまうでしょう。

「洗濯場は？」

「井戸の横に十分な広さがございます」

私は勝手口を開けて井戸と物干し場になる小庭を覗《のぞ》いた。

うん、十分な広さだわ。

「馬小屋はある？」

「はい、裏手に。二頭繋げます」

二頭……。ちょっと手狭な気はするけれど、最初は一頭買えればいいくらいだし、ちょうどいいわね。

「お風呂《ふろ》は？」

「こちらでございます」

エクウスは、大きな口を叩《たた》いたわりには質問をしなかった。

腕を組んだまま、私のことを眺めている。

ええ、言われなくてもわかるわ。貴族の奥方らしからぬ質問をする、とでも思っているんでしょう。

今は他人の目など気にしていられないから、どうでもいいわ。

「こちらがお風呂です」

風呂場は、ちょっと素敵だった。

白いタイルに猫脚のバスタブ。広さも十分だし、大きな鏡もあった。

容姿を生業《なりわい》にした女性だけのことはあるわね。

「いいと思わない？」

私はジャンを振り返って言った。

「そうですね。十分だと思います」

ジャンも同意を示した。

「では他の部屋を見せて」

「はい」

一階には、大きな食堂と、カードルームがあった。

階段を昇って二階へ行くと、主寝室と客用の寝室。それに書斎が一つ。書斎と言っても、デスクが一つあるだけで、壁の本棚は空っぽだったけど。

元々なかったのか、それは先に売り払ったのかは謎《なぞ》ね。

主寝室は、豪華だった。

置かれたベッドは一人で眠るには広過ぎるほど大きい。妾宅だというのだから、理由は推して知るべしね。

素敵だけれど、新婚の二人には抵抗があるでしょうから、買い替えるべきでしょう。

……でも、天蓋《てんがい》付きのベッドを捨てるのはもったいないわね。

「ねえ？　これをこのまま使ってもいいと思う？」

ジャンに訊くと彼はちょっと肩を竦《すく》めた。

「出費は少ない方がいいでしょうから、寝具だけ替えればよろしいのでは？」

「そうね」

客用の寝室は、簡素な作りだった。

あまり使われていなかったのだろう。

家具の立て付けを確認し、壁や天井の瑕疵《かし》をチェックする。ジャンも、私の気づかない細かい部分を確認して回った。

大きな瑕疵はなく、今残っている家具はそのまま貸し出してもいいとのことだった。

「これで全てでございます」

十分に吟味し終え、食堂に戻った途端、待っていたかのようにサイラスが言った。

「ご質問は？」

私が口を開く前に、エクウスが私の前を塞《ふさ》ぐように一歩進み出た。

「ここいらの治安はどうだ？　人通りは激しいのか？」

「いいえ。静かな場所でございます。人目につきにくいところを選ばれましたので。ですが、村は近く、馬車をお使いになれば王都の門まではすぐでございます」

それは私の聞きたいことでもあったので、彼が質問するに任せた。

「裏の森は馬を入れてもいいのか？」

「はい。猟《か》り過ぎることがなければ、自由に狩りもできます」

いいわね。

狩人ローウェルにとって、ありがたい職場になるわ。

「他の人間も狩りには来るのか？」

「いいえ。この辺りで狩りをする者はおりません。本職の狩人は、もっと人里から離れた場所へ向かうでしょう」

それもいいわ。

大物は狙えないかもしれないけれど、ローウェルが狩人一本で食べていけるとは思えないし、暫く狩りで繋いでから、身分を隠して自分で商売をさせる手もあるわ。

だとすると、王都や村が近いのは最適ね。

「いかがなさいますか？」

サイラスは私とエクウスを見た。

「そうねぇ……」

金額的には予算よりちょっと高いけれど、家はそれに見合うだけのものだった。

最初の一年は私が家賃を払ってあげるとして、その後彼らに家賃が払えるかしら？

「悩むなら、俺に譲れ」

返事を悩んでいると、エクウスが言った。

「いい家だ。俺ならすぐに契約しよう」

ん、もう。

こっちはちゃんと吟味したいのに。そんなふうにせっつかれると困るわ。

「どう思う?」

ジャンを傍らに呼び寄せ、小声で尋ねる。

「ここよりよい家はありませんでした。また探すとなるとお時間がかかるかと」

「あんまり狭いのは無理ね。慣れてないもの」

「でしょうね。ここでも狭く感じるのでは?」

確かに、あの広い王城で育ったのですもの、ローウェルにとってここは使用人部屋程度でしょう。

つまり、ここよりよくない家は、ここより狭いということで、ローウェルにはもっと我慢できなさそうってことね。

お値段的にも、広さ的にも、ここがギリギリのラインだわ。

「男爵夫人の遊び場には広過ぎるだろう」

私とジャンの密談を見ていたエクウスが、横合いから口を挟んだ。

「なんですって?」

「男爵夫人と言うが、何故旦那が来ない？　女の遊び場にするには、ここは分不相応じゃないのか？」

一々腹の立つ男ね。

「あなたは一体何にお使いになるつもり？　そちらこそ男一人で住むには広過ぎるんじゃない？　それにここの家賃が支払えるのかしら？」

売り言葉に買い言葉で、ついキツい言い方をしてしまう。

「俺は息抜きの宿にするのさ。中を見て気に入った。周囲の環境もいい。俺の望みに適《かな》っている。金ならちゃんとあるしな。今ここで手付けを払ってもいいくらいだ」

エクウスはズボンのポケットから革袋を取り出してチラつかせた。

「俺にはここが必要なんだ。何だったら、諦め賃を出してやってもいいぞ」

「結構よ。こちらもお金に不自由はないわ」

冷静に判断しなくちゃいけないと思うのに、彼の態度で頭に血が上る。

「そんなもの、いらないわ。サイラス。ここを借りることにするわ。手続きは、後でこの者をそちらに行かせます」

「かしこまりました。それではエクウス様、残念ですが、今回はご縁がなかったということで」

「まだわからんさ。気まぐれな貴族女だ、すぐに『やっぱりやめた』と言い出すかもしれないぞ」

「心変わりなんかしないわ」

「俺ここを買ってもいいぞ？」

「優先順位はこちらにあるのよ。あなたも認めたでしょう？」

「貸すより売る方がいいだろう。どうだ？　サイラス」

「それは主人に訊いてみませんと、私には何とも」

「じゃあ訊いてみてくれ。貸すより売る方がいいなら、俺の方が先だ」

「どうしてよ。優先順位は私だと……」

「あんたは借りる方の一番だ。だが『買う』とは言っていない。『買う』と言ったのは俺が先だ」

「貸すか売るか、という話は聞いたわ。その上で借りる方の話をしているだけよ。売りたいというなら買うことも考えるわ」

「これから考えるんだろう？　俺はもう考えてる」

「私だって、あなたより切実にこの家が欲しいのよ。あなたこそ、もっと華やかな場所にある家でも探したら？」

「俺は静かに過ごしたいんだ」

「じゃあ、山奥の一軒家でもお借りになったら？」

「口の減らない女だな」

「喋《しゃべ》り過ぎる男だわ」

私はサイラスを見た。

「とにかく、ここは私が借ります。もし売るようでしたら、そちらも相談に応じます。そちらの方も私に優先順位があると認めてらっしゃるんですから、問題はないでしょう？」

裁定はサイラスが下す。

言いたくはないけれど、身分のない男一人より、男爵夫人の名前の方が支払いの信頼がおけるでしょう。

挑むような視線で彼を見ると、サイラスは一旦《いったん》目を閉じてから、私を見た。

「ご主人様には、男爵夫人からのお申し出をお伝えいたします。ただ、エクウス様が購入を希望してらっしゃることもお伝えいたします。主人が売却を希望した場合は、男爵夫人、エクウス様の順でお知らせいたします。それでよろしいでしょうか？」

答えは、私の満足のいくものだった。

エクウスは少し不満そうにしたが、文句は言わなかった。

「彼女の次が俺であれば、文句はない。他の者を優先させたりはするなよ？」

「もちろんでございます」

何と言おうと、私はここを誰にも譲る気はないわ。

「では、私達はこれで帰りますわ。また後日」

「かしこまりました。それではどうぞお気を付けて」

やれやれだわ。

エクウスは気に食わないけれど、絡んでくるほど嫌な人間ではなかったようね。

それ以上何も言わず、去ってゆく私を見送ってくれた。

馬車に乗り、真っすぐに屋敷へ戻る。

今日、私が家を探しに行くことをメイミから聞いたのか、今日の夕方、ローウェルが私の屋敷に来ることになっているのだ。

お父様に、『殿下がいらっしゃるまでには戻ってくるんだぞ』ときつく言われていたので、遅刻するわけにはいかない。

「間に合うかしら？」

御者台のジャンに尋ねると「もちろんです」と頼もしい言葉が返ってきた。

それでも、エクウスの出現で手間取ったらしく、馬車は来た時よりも早く私を屋敷まで運んだ。

屋敷に戻ると、今度は着替えだ。

謎の男爵夫人の地味な格好から、王子を迎える公爵令嬢に。

「お嬢様、お手伝いいたします」

迎えに出てきたメイミが部屋までついてくる。

「ありがとう、着替えだけお願い」

私室に入って視界を遮っていたレース付きの帽子を取り、地味なドレスを脱ぐ。

メイミはすぐに用意していた淡いブルーのドレスを差し出した。それを受け取り、さっと着ると、彼女に背を向ける。

「後ろ、お願い」

メイミは丁寧にボタンを留めてくれた。

「御髪《おぐし》はどうなさいますか？　そのままでは少し地味ですわ」

「髪は自分でやるからいいわ。どうせ結わないし。ローウェルが来たら困るから、あなたは彼の相手をしていて頂戴。それと、お茶の用意もお願い」

「はい」

「いい家、見つけたわよ。でもそのことはまだ誰にも言ってはダメよ。暫く家探しの名目で歩き回って、必要なものを揃えなくちゃいけないから」

「お嬢様……。私は本当に何もいらないのです。お嬢様とあの方の愛情だけあれば、それだけで幸福です」

メイミは涙目になった。

「何を言ってるの。生きていくのは綺麗事じゃないのよ。愛情は一番大切なものだけれど、食器や家具も必要よ。それに、あなたは我慢できても、王子様は我慢できないかもしれないわ」

「でも……」

「ものが足りないというのは、人の心を荒《すさ》ませるのよ」

言葉にした時、私は昔のことを思い出した。

……あんな思いはもうしたくない。

「さあ、行って。すぐに整えてしまうから」

「はい……」

メイミを部屋から出すと、私はすぐに髪をおろした。

ぴっちりと結い上げていた長い髪が肩に一気にふり注ぐ。

ドレッサーの前に座り、ブラシを握った時、ふわりと入った風が髪を揺らした。

……風？

閉め切ったこの部屋で？

私は座ったまま窓を振り向いた。

テラスへ出る大きな窓のカーテンが揺れている。

メイドが掃除をして窓を閉め忘れたのかしら？

立ち上がり、窓辺へ歩み寄る。

その時、大きく膨らんだカーテンから黒い人影が現れた。

「とんだ男爵夫人だな」

……あ！

姿を見せたのは、さっき別れたばかりのエクウスだった。

「ここはウォルシュ公爵家だろう？　そこでこんな部屋を持ってるのは娘のロザリンド嬢だけだ」

言いながら、彼は部屋に入り近づいてきた。

「ノーマン男爵夫人？」

彼はぼうぜんとする私の前に立って、にやりと笑った。

「ローウェル王子の婚約者、ウォルシュ公爵令嬢ロザリンド殿が？」

勝ち誇った笑み。

ああ……。

「人を呼ぶわよ」

「呼べばいい。家族は知ってるのか？　下男との逢《あ》い引《び》きの館を探してたと。知らないなら、それを喋られて困るのはお前だろう？」

「ジャンは下男じゃないわ！」

「ジャンというのか。相手の名前までわかれば、俺の訴えも信憑性《しんぴょうせい》が増すだろうな」

しまった。

「私をつけたのね、卑怯《ひきょう》な人」

「ちゃんと話をしようと思ってつけただけだ。あの家を譲ってもらおうと思ってな。こんなに大きな取引材料が手に入るとは思っていなかった」

「取引なんかしないわ」

「だったら、全て家の者に話していいのか？」

「……別にいいわ」

一瞬まずいと思ったけれど、考えたら大丈夫じゃない。

私が家を探しに行ったことはみんなが知ってる。お供がジャンなのもわかっている。家を探している本当の理由を知られない限り、困ることなんてないのよ。

「言いたければ言えばいいわ。でもあなたは不法侵入者として役人に引き渡されることを覚悟すべきね」

今度はこっちが勝ち誇った顔で、胸を張った。

「さすがは貴族だな。結婚前の愛人も恥と思わないとは」

エクウスの手が伸びて、私の髪に触れようとする。

それを避《よ》けて一歩下がった時、ドアをノックする音が響いた。

「お嬢様、ローウェル様がおいでになりました」

メイミの声。

これはまずいわ。

私の部屋に若い男がいるなんて見られたら。

エクウスを賊だと思ってローウェルに剣を抜かせるのもまずいけれど、私の部屋に若い男ということで私の恋人だと勘違いされたらもっと困るわ。

「別室で待たせてと言ったでしょう」

「そうお伝えしたのですが……」

「すまないな、すぐに城に戻らなくてはならなくなったのだが、せっかく来たので少しだけ話をしたいんだ」

ローウェルの声。

部屋の前まで来てるの？

困っていると、エクウスは「一つ貸しだ」と囁《ささや》いてカーテンの陰に姿を隠した。

「着替えは終わっているのだろう？　着飾る必要はない。すぐに帰るから」

もうっ！

だったら挨拶《あいさつ》しないで帰ってよ。

……と、言いたくても言えるはずがなかった。

「お嬢様？」

メイミが扉を開けて顔を覗かせる。

こうなったらもう仕方ないわ、追い返せないなら、さっさと話をして帰ってもらうだけよ。

「入っていいわ」

私は隠れているエクウスに背を向け、扉に向き直った。

「すまなかったね」

メイミは部屋には入らず、ローウェルだけが入ってくる。

「いらっしゃるとは伺ってましたけど、随分慌ててらっしゃるのね」

エクウスという観客がいるから、城のように丁寧な言葉遣いをする。

でもローウェルには通じなかった。

「怒っているのか？　強引ですまなかった。どうしても新しい家のことで訊きたいことがあって」

その話をここでしないで。

「まあ、何のこと？」

「君が探しに行ってくれてる、メイミと私の家だ」

……それ以上言わないで。

「君の言うとおり、私は市井《しせい》の生活に慣れていない。だから試しに出ることにしたんだ」

「あなた、お忍びで街へ出るつもり？」

驚いて、つい言葉がぞんざいになる。

「いや、それは無理だろう。だから友人の狩り小屋で暫く生活することにしたんだ。狩りの練習にもなるしね。アズル伯爵は知っているだろう？　彼は王城にいるより自分の領地で狩りをしている方が好きな人物だ」

「知ってるわ、変わり者と呼ばれているわね」

「ああ。だが今回の話にはうってつけだと思わないか？　アズル伯爵が言うには、森の近くの狩り小屋で、数人の召し使いとだけで過ごすというんだ」

「数人の召し使い？」

「彼のところの狩人と料理人だそうだ。野趣溢《あふ》れる生活に興味があると言ったら、招待してくれたよ。それで暫く王都を留守にする」

「そうなの。でも、今度の陛下主催のパーティまでには戻るのでしょう？」

「それはもちろんだ。それで？　新しい家は決めてきたのかい？」

「え？　ええ、まあ……」

だから、ここでその話題はまずいのに。

でも注意もできない。

「ありがとう。君の選んだものなら安心だ。君には世話になってばかりだな」

だからエクウスの存在を知らないローウェルは、尚《なお》も喋り続けた。

「そんなことはいいわ。今更よ」

「ああ。……私も、何度も考えたんだ。王子として育ててもらっていながら、その全てを棄《す》てることが本当に許されることなのかどうか」

「ローウェル」

ここでそのセリフはまずいっていうのに。

「だがどうしても諦められなかった。メイミを失って生きることも、自分の心に嘘をついて君を妻にすることも、私にはできないのだ」

「もうその話は……」

「私は物知らずだが、ばかではない。王子ではなくなった後の生活が、甘いものだとは思っていない。私がすべきこと、知るべきことがあると思ったら、いつでも率直に言ってくれ。メイミのためにも」

「え……、ええ」

「残念なのは、そうなったら君の結婚式には出席できないことだな。君が幸せな結婚をすることを、心から祈っている。それだけは忘れないでくれ」

もうダメだわ。

「……ありがとう」

私は全てを諦めた。

「もういいわ。すぐに帰ると言ってもお茶ぐらい飲めるでしょう？　メイミにお茶を用意させているから、私と話をしている体《てい》で彼女と話をしていくといいわ。暫く顔を見せないとなれば、きっとあの娘《こ》も心配するでしょうから」

「ありがとう、そうしよう。君は来ないのか？」

「私はここですることがあるの。いいから行って」

「それじゃ、伯爵のところから戻ったら、またすぐにここへ来るよ」

「待ってるわ」

私じゃなくメイミがね。

ローウェルは結局エクウスに気づかず、すぐに部屋を出て行った。

ここからは私の戦いね。

「出てきていいわよ」

私は彼が隠れているカーテンに向かって声をかけた。

「……意味深な会話だったな」

さすがに今まで飄々《ひょうひょう》としていたエクウスも驚いた、というか呆れた顔で出てきた。

「今のはローウェル王子だろう？」

「訊くまでもないわね」

「あれはバカなのか?」

「バカじゃないわ」

「だがあの男が言ってたことはバカ丸だしだ」

「失礼ね」

「王子としての生活を棄てる?　婚約者を前にして、君を妻にすることはできない?

……つまり、あの男は、『メイミ』とかいう女を選んでお前を棄てると言ってるのか?」

今の一部始終を聞かれていては、言い逃れはできないだろう。

私はため息をつくと近くの長椅子《ながいす》に腰をおろした。

「棄てられるわけじゃないわ。私も納得の上よ」

「本気で?　王妃になりそこなうというのに?」

「私は生まれながらの王妃じゃないもの。それを諦めるのは簡単よ」

「地位に執着はない、と?」

「ないわね」

「公爵令嬢だから?　だが、その地位があっても王子と婚約までしておきながら結婚を破棄されたとなれば、次が名乗り出る可能性は薄いだろう」

「でしょうね」

「なのにあの男はまるでお前が、自分がいなくなればすぐにでも他の男と結婚するようなことを言ってたぞ？　……バカなのか？」

これで二度目ね。

「バカじゃないわ。優しいだけよ」

「優しいんじゃない。あれは無知というんだ」

「生まれてからずっと王子様で、人に反対されたり意見されることもなく育ったのよ。私に原因がなければ、被害が出るなんて考えもしないんでしょう」

「お前は本当にそれでいいのか？　王子を愛していたんじゃないのか？」

「私とローウェルは恋人というより友人か兄妹のようなものだったわ。その関係は結婚しなくても続くものだわ」

エクウスは難しい顔をしながら近づき、私の隣に距離を置いて座った。まるでこちらの真意を確かめるかのようにじっと見つめてくる。

「『メイミ』というのは？」

「あなたに関係ないでしょう」

「調べることは簡単だし、今のことを他人に喋るのも簡単なことだ」

脅しね。

それに屈しなければならないのが腹立たしいわ。

「……私の侍女よ」

「侍女？　貴族でもないのか？」

「私の乳母の娘よ。貴族じゃないわ。でも妹のように可愛いのよ」

「だから自分の婚約者との愛の巣を探してるのか？　『君が探しに行ってくれてる、メイミと私の家だ』と言ってたぞ」

ああもう。

何から何まであらいざらい白状させようっていうのね。

私はそれに抵抗もできないんだわ。

「……そうよ。だからあの家は譲れないのよ。口止め料が欲しいなら払ってあげる。だからこのことは誰にも言わないで」

「金なら十分に持っている。金銭を要求はしない」

「じゃ、何が欲しいの？　あの家はダメよ」

「お前がいい」

「……は？」

何を言い出してるのかと顔を見ると、エクウスはにやりと笑った。

「お前に興味が湧《わ》いた。あの家を諦めろと言うなら、俺は新しい家を探さなければならない。新しい家探しに付き合え」

「何言ってるの？」

「男一人で家を借りるというのは怪しまれる。あの家でも、お前が来る前にあの執事に色々訊かれた。だが、婚約者と新居を探しているとなれば、歓迎されるだろう」

「私にあなたの婚約者になれっていうの？」

「男爵夫人ができたんだ、できるだろう？」

「断ったら？」

「王子サマが地位を棄てて侍女と駆け落ちしようとしているというのはいいスキャンダルだな」

　悪い顔だわ。

「明日の昼過ぎ、この家の門のところで待つ。あの召し使いは連れてくるな。お前一人で来るんだ」

「私が一人で出掛けられると思うの？　公爵令嬢よ？」

「協力者はいるだろう？　侍女に言って、部屋で臥《ふ》せってることにしてもらえばいい。侍女だって嫌とは言わないさ」

　エクウスは私の返事も聞かず立ち上がった。

「明日、王室のスキャンダルが公になるかどうかは、お前次第だ」

　勝負はついてるだろう、という顔。

　そのとおりだから、文句も言えない。

「それじゃ、明日」

彼はそう言って右手を挙げると、入ってきた窓から出て行ってしまった。

止める間もなかった。

いいえ、そのチャンスがあったとしても、引き留めてどうしようというの？

小さいとはいえ、即金で家を買ってもいいと口にする程度の裕福さのある人間に、金銭での口止めはできないだろう。

実際、彼もそう言っていたし。

それどころか、私がローウェルの婚約者であることも、私の名前も知っていた。

公式になっているとはいえ、市民にはまだ興味のない話。知っているのは、王城に出入りのある者や貴族ばかり。

ということは、彼は貴族なのかもしれない。

伯爵以上の貴族は、大抵名前や顔を覚えている。城に出入りをする貴族なら、あんな態度は取らないだろう。

ならば、子爵か男爵か。

いずれにしても、彼が今知った事実を吹聴したら全てが終わりだ。

ローウェルもメイミも私も。もしかしたらお父様も、公爵位を追われるかもしれない。

「……迂闊《うかつ》だったわ」

私達三人が口を噤《つぐ》んでいれば、気づく者などいないと思っていた。私とローウェルとメイミの態度がおかしくても二人が人前で会うことはないし、ローウェルの仲は元々今のような状態だもの。

まさか、侵入者が盗み聞きするなんて。

「こんなに簡単に侵入を許すなんて、うちの警備はどうなってるのよ」

腹立ち紛れに言ってはみたが、我が家の広大な敷地の全てを見て回らなければならないほど、この国は治安の悪い国ではない。

両親には警護が常に付いているし、高価な品々は保管庫に入れてある。

これが普通の警備だもの。

むしろ、部屋への侵入を許した自分こそが、警戒が足りなかった。

私は窓へ駆け寄ると、慌てて鍵《かぎ》をかけた。

今夜から、絶対に窓には鍵をかけるわ。

もう二度とあんな男を部屋に入れたりしない。

けれど、問題は今夜ではなく明日だった……。

翌日、私はメイミに一人で外出したいから、口裏を合わせるように頼んだ。

メイミは、また自分のことで出掛けるのかと思って、せめてジャンを伴うようにと心配してくれたけれど、私は違う用事なのだと言って彼女を説き伏せた。

朝食の席、お芝居ではなく憂鬱《ゆううつ》さを表に出して項垂れていると、お母様が具合が悪いのかと尋ねた。

「そうなの、慣れない外出で気疲れしたみたい。今日は一日部屋で休みますわ」

人は、一つ嘘をつくとそれを隠すために嘘を重ねると言うけれど、本当ね。

昨日の外出から発生して、今日の外出も嘘で固めなければならない。

しかも嘘はどんどん大きくなり、相談できる人は反対に減ってゆく。

約束は昼過ぎだったので、午前中は部屋にいて、本などを読んで過ごした。

昼食はメイドに運ばせ、部屋で取った。

これで、私は部屋にいる、ということを印象づけるためだ。

昼食を下げさせると、後はメイミがついていてくれるから大丈夫と言って、声をかけるまで誰も部屋に入らないようにと命じた。

日中は、お父様もお母様も、お兄様達も、それぞれお仕事がおありになる。

私の部屋を訪ねようとするのは、召し使いだけ。ならば、命令は有効だろう。

メイドがいなくなると、私は昨日と同じドレスに着替えた。

「本当にお一人で大丈夫ですか?」

メイミは思い留まるようにと懇願した。

「大丈夫よ。ちゃんと警護の者は雇ってあるから」

「お屋敷の人間ではなく?」

「信頼のおける者なのよ」

これもまた嘘。

同行するのは、一番信用のおけない者だ。

「もし私のためでしたら、お嬢様が危険になるようなことは……」

「違うわ。ほら、『例の』一件よ。あなたも賛成してくれたでしょう?」

「はい……」

まだ納得がいかないという顔のメイミの頬にキスを贈り、私は昨日エクウスが入ってきた窓から庭へ出た。

私の部屋の前は内庭になっていて、他の部屋から外に出るところを見られる心配はない。

……だからあの男も入ってこられたのだろうけれど。

内庭を囲む庭木の間を縫って塀まで行き、園丁の使う裏口から外へ出る。門の前での待ち合わせだけれど、門から出るわけにはいかないもの。

裏口を出てから、塀沿いに歩いてゆくしかないわ。

果たして、門まで行くと、そこには二頭の馬が待っていた。

一頭には、あの憎らしいエクウスが乗っている。

「よく来たな」

呼び出したのは自分のクセに。

「約束は守るのよ。だからあなたにも守ってもらうわ。昨日のこと、誰かに話したりしていないでしょうね？」

「口は固い方だ、安心しろ。馬には乗れるな？」

「乗れるけれど、馬に乗るならそう言ってくれればちゃんと乗馬用のブーツを履いてきたのに」

「そのとがった靴でも、馬の腹を蹴《け》らなければ大丈夫だ。乗れ」

手を貸してもくれないのね。

ドレスだって乗馬用じゃないのに。

この男に優しさを期待しない方がいいわ。

私は自力で馬に乗り、手綱を取った。

「さあ、どこへ行くの？」

「肝の据わったいい女だ。エルベの街の外れに一軒当たりをつけてある。お前は俺の婚約者として、昨日のように家を吟味してくれ」

「門の前は通らないで」

「心得てる」

エクウスは、私の前を少し速い並足で走り始めた。

乗馬姿はなかなかのものだ。

私は馬に乗るので、男性達の乗馬姿はよく見るけれど、その中でもかなり綺麗《きれい》と言っていい。

今は私に合わせてくれているけれど、本気で走ればかなり速いのじゃないかしら?

ローウェルも、乗馬姿は綺麗だった。

彼は優雅に乗りこなす。

速くもあるのだけれど、どちらかというと自分の姿を美しく見せることを知っている走りだ。

でもエクウスはきっともっと野性的ね。

まるで兵士のように走るに違いないわ。

「あなたは貴族なの?」

私は彼に並んで声をかけた。

「貴族じゃないと気に食わないか?」

「そんなのどうでもいいわ。ただ、婚約者なら知っておかなければならないと思ったからよ。傭兵《ようへい》なら傭兵の、商人なら商人の、貴族なら貴族のお相手というものがあるわ」

「なるほど。では俺は男爵の次男坊でいい。跡継ぎではないから家を出されるために新しい住居を探している」

『でいい』という言い方からして、それは偽の肩書ね。

「それじゃ、あまりお金はないのね」

「金ならある」

「実際のことを言ってるんじゃないわ。お芝居の設定よ」

「ああ。そうだな、新居だから金は惜しまないが、派手な生活はしない、というのでどうだ？」

「それなら、私も貴族の娘でいいわね。男爵家の末娘ということにしましょう。名前はエクウスと呼んでいいの？」

「ああ。お前はロザリンドではまずいな。簡単に、ローザでどうだ？」

「いいわ」

会話はそれで終わりだった。

その後、エルベの街へ到着するまで、私達の間に会話はなかった。

エクウスは、どんな人物なのかしら？

芝居をするからではなく、純粋に興味があった。

荒々しい態度なのにどこか上品さがある。

質素な身なりに見えるけれど、実際は地味なだけで安いものではない。私のドレスもそうだけれど、色合いを抑え、飾りはなくしていても、布も仕立ても悪くない。

今乗っている馬も、調教のよくされたよい馬だ。

金に不自由はないと言ったけれど、商人ではないだろう。こんな態度の悪い商人がいるわけないもの。

でも貴族かというと素直に納得はできない。

貴族の子弟でも、こんな態度は取らないだろう。

一番それっぽいのは傭兵だけれど、それにしては気品があり過ぎる。

没落貴族の子弟が渡りの剣士になった、というのが一番近いわね。剣も下げてるし。

だとしたら、とても腕がよくて、お金を沢山稼いでいるんだわ。それで暫く仕事を休んでゆっくりするつもりなのよ。

その辺りを合わせると、男爵の次男坊が跡継ぎになれなくて家を出て傭兵に。家に戻って貴族としての生活を送っている時に伴侶《はんりょ》となる女性を見つけて落ち着くことにした、というお芝居がいいかしら？

そんな彼に釣り合う女性としては、しっかり者で、彼に負けないでものを言える女性がいいわね。

彼が貴族でも傭兵でも付いていく、って感じ。

元々家も裕福ではないから、彼とのこぢんまりした生活に苦労は感じない。

うん、それがいいわ。

馬を走らせながらそんなことを考えていると、やがてエルベの街に到着した。

エルベは王都の北にある街で、街道沿いではあるけれどあまり賑《にぎ》わしい街ではない。

細い川が何本も走り、そのお陰で得た肥沃《ひよく》な大地を農耕に使っているからだ。

けれど、街の中心部はやはり賑やかだった。

「そこで茶にしよう」

「お茶？」

てっきり街を抜けるのだと思っていたのに、彼は突然一軒のカフェの前で馬を止めた。

「休まずここまで駆けてきたんだ。馬もお前も休んだ方がいいだろう」

私はさほど疲れていなかったが、馬を休ませるというのなら異論はない。

彼について馬を繋ぐ場所へ行き、降りようとすると、今度は先に馬を降りた彼が手を貸してくれた。

「親切ね」

「芝居は突然じゃサマにならないからな」

なるほど、これは『婚約者』に対する態度なわけね。

「ありがとう」

では素直にお礼を言った方がいいわね。

馬を繋ぎ、店へ入ると、彼は窓辺の席を取ってお茶とお菓子を頼んだ。

「あなた、甘いものが好きなの?」

「お前のためだ。俺はまあ、好きでも嫌いでもない」

「『お前』と呼ばれるのは釈然としないわ。『君』ぐらい言ったら?」

「俺は公爵令嬢でも街の娘でも、『お前』と呼ぶ。慣れろ」

横暴ね。

でも婚約者の疲れを気にしたり、甘いものを頼んでくれるところは紳士的と言えないこともないわね。

カフェはあまり混んではいなかった。

昼過ぎで、もう少し人がいるかと思ったけれど、店にいるのは商人らしい男性の一団と、老夫婦だけだ。

やはり少し寂れた街のようね。

お茶とお菓子を運んでくると、店員はすぐに商人の一団の会話に加わるために離れていった。

「箱入りの公爵令嬢にしては、先日の家選びはまともだったな。てっきり商人の娘が爵位目当てで男爵家に嫁がされて愛人を囲ったんだと思った」

私のために頼んだという言葉に嘘はなかったようで、彼は焼き菓子の載った皿をさりげなくこちらへ差し出してくれた。

具合が悪いことにして昼食をあまりとらなかったから、遠慮なく菓子に手を伸ばす。

焼き菓子は、素朴だけれど木の実がふんだんに入っていて美味《おい》しかった。

「ジャンとは何でもないわ。私の護衛のために付いてきてくれただけよ」

「どうしてそんなに市井のことに詳しいんだ？　妾腹《しょうふく》で、王子との結婚のために引き取られたとか？」

「私のお父様は愛人を囲ったりしません。侮辱だわ」

「失礼。だが俺が不思議だと思うのもわかるだろう？」

「ええ、普通の公爵令嬢は、一生カマドの数を気にするどころか、カマドなんて見ないでしょうね」

「王妃になるために学んだ？」

「いいえ。王妃様だって、カマドなんてご覧になったことはないんじゃないかしら？」

「多分な。それで？　どうしてそんなことに興味を持ったんだ？」

「あなたに説明する必要はないわ」

「俺が訊きたいと思ってることには正直に答えた方がいいぞ?」

……訊かれたことに答えなければ秘密をバラすという脅迫の含まれた言葉ね。

「やりたいことがあるから、調べているのよ」

「やりたいこと?」

「ええ」

「何だ?」

「……病院を造りたいの。貧しい人達が無料で診《み》てもらえるような」

エクウスは一瞬驚いたように目を見開いた。

「王妃として?」

「いいえ、私個人としてよ。私はまだ王妃じゃないし、王妃になりそうもないもの」

「金は公爵が出すのか」

「いいえ。お父様は関係ないわ。そりゃ少しは寄付してくださるとありがたいけど」

エクウスは興味深そうに身を乗り出した。

「ではどうやって金を集める?」

「チャリティーよ。幸い私には身分があるから、チャリティーを募れば皆が協賛してくれるわ。名目は慈善院への寄付とか、炊《た》き出しとか、そういうことでバザーをしたり、音楽会をするの。その時のお金の半分を貯めているのよ」

もっとも、その秘密のお金は今回のローウェルの家のために少し使ってしまうけれど。

「タダで診療させるなら、運営の資金も必要だろう」

「……その頃には王妃になってる予定だったわ。ローウェルも賛成してくれていたし」

「王子は金を出す、とは言わなかったのか？」

「婚約者でいる間に王子からお金を引き出したら、私が何か企《たくら》んでると疑われるわ。彼は大々的に公表して国庫からお金を出すと行ってくれたけれど、私が断ったの」

エクウスの青い瞳が好奇心に輝いている。

そうよね。

他の公爵令嬢はこんなことは考えない。私は相当な変わり者に見えるでしょう。

「何故そんなことを考えたんだ？」

「まだ訊くの？」

「知りたい。教えてくれ」

彼の言葉遣いが少し変わる。

からかっているのでも、バカにしているのでもない。真実興味を持ったという響きだ。

「私も、子供の頃はカマドなんて言葉も知らないくらい、深窓の令嬢だったわ。料理はテーブルにつけば誰かが運んできてくれるもの。私の目の前に出される料理の一皿にどれだけの人間がかかわっているかも考えたことはなかったわ」

「それが当然だろうな」

「でもある日、お父様について地方へ行った時に、病気になってしまったの」

あの時のことを思い出すと胸が痛む。

あれは、本当にまだ私が小さい時だった。

無理を言ってお父様についていった旅先で、その土地の風土病にかかったのだ。その土地では、その病が流行っていたが、お父様達は知らなかった。

症状が酷くなった私を動かすことができなくて、お父様は小さな村に宿を取らざるを得ず、高熱でうなされている私のために、医師と薬を探した。

医師はすぐに駆けつけてくれたが、薬は病が流行っていたせいですべて使い尽くし、医師のもとにはもうなくなっていた。

「自分が病で苦しんでも薬が手に入らなかったから病院か」

彼の言葉に私は首を振った。

「いいえ。薬は手に入ったの。私はその薬を飲んで治ったわ」

「医師は薬を持ってなかったんだろう?」

「そう。それは医師が、渡していた病人から奪い返してきたものだったのよ」

エクウスの眉間《みけん》に皺《しわ》が寄る。

公爵という地位を振りかざして、他人から大切なものを取り上げた。そんな話は聞いていて気持ちのいい話ではないもの。

「私の病気が治って、出立できるようになった時、その村でお葬式があったの。亡くなったのは、私と同じくらいの年の女の子だった。お父様はそれを聞いて胸を痛め、どうして女の子は亡くなったのかと宿の者に訊いたわ」

言いにくそうに宿の者が答えた言葉は、『薬がなくて、流行り病で……』だった。

それを聞いた時のお父様は驚き、涙を流された。

お父様も、その時まで私に与えられた薬がどこから来たのか知らなかったのだ。

少なくとも私はそう信じている。あの時の驚きと後悔の表情は、決してお芝居などではなかったと。

「その時に思ったのよ。お金がない、地位がないというだけで、彼女は薬を奪われてしまった。必要なものが手に入らない生活は、生きることも阻害するんだって」

だから、ローウェル達にもしっかりとこれからの生活を考えなさいと言ったのだ。

ただ生活するだけなら、我慢で過ごせるだろう。けれど病になったら？　医師や薬はタダでは手に入らない。ちゃんとした生活の基盤がなければ、不幸は簡単にやってきてしまうのだ。

「それから、色々調べるようになったの。私と、その女の子は何が違うのか。どうしたらあの女の子は死なずに済んだのかって」

お父様やお兄様について地方を回ったり、使用人達の家を訪れたりしながら、私はテーブルの上の一皿には、料理をする人がいて、料理には食材が必要で、食材を作る人も必要。そしてそれらを行う人々のテーブルには、私と同じ料理は並ばない。彼らはもっと質素なものを口にするのだ。

公爵令嬢としては、お金など見たことも使ったこともなかった。

けれど街の人々はそれを使う。

そしてお金を稼ぐためには、自分が働くしかない。

「驚くでしょう？　そんなことも知らなかったのよ」

自嘲気味に笑うと、エクウスは正面から手を伸ばし、私の頭を撫《な》でた。

「だが今は知っている」

これはお芝居？　それとも素《す》なの？

「同じことを体験しても、お前のような考えに至らない者もいるだろう。むしろ貴族なら、それを当然と思う者の方が多いはずだ。だがお前は他人の死に心を痛めただけでなく、同じことが起こらないように努力している。ローウェルは本当にバカだな。お前こそ、王妃になるべき女性なのに」

「ローウェルの気持ちもわかるわ。彼は優しい人なの。今の話を聞いた時、彼は涙を流してくれたわ」

「優しいだけでは王にはなれない」

「そうね。でもわかってあげて。小さな時からお世辞しか言わないような人達に囲まれて、弟君に劣らぬよう、理想の王子像を押しつけられながら生きてきたのだもの、心を癒やしてくれる女性に惹《ひ》かれたのよ」

「わからないではないが……」

彼は言葉を濁した。

確かに、臣民としては自分達を棄てて恋を取る王を肯定はできないでしょう。

「それにメイミはとてもいい娘なの。彼女はそのことがあって落ち込んで帰ってきた私に、自分のおやつを全部持ってきてくれたのよ。小さな手に焼き菓子を握り締めて。彼女にとってのお菓子が、どれだけ大切なものか、私にはもうわかっていたわ。私のように欲しい時に好きなだけ与えられるわけじゃないのに、それを私にくれたのよ。だから、私は決めたの。亡くなった女の子の代わりに、この娘を幸せにしてあげようって。それが贖《しょく》罪《ざい》になるわけではないでしょうけど、私にできることはそれぐらいだからって」

だから、自分よりも年下のメイミを自分の侍女にしたのだ。

メイドよりも侍女の方が楽な暮らしができるから。自分の手元で可愛がることができるから。

「ひょっとして、王子を譲ったのもそのためか」

私は答えなかったが、彼は黙ってもう一度私の頭を撫でた。

案外優しい人なのね。

「お父様の名誉のために、付け加えておくわ。その女の子のことはお父様にもショックなことだったので、亡くなった女の子の兄を引き取って、うちで働かせることにしたの。それが昨日私と一緒にいたジャンよ。彼は私の病院の計画の協力者でもあるの」

女の子の葬儀の二日前に、ジャンの両親の葬儀は終わっていた。

ご両親は、自分の分の薬を買うお金がなく、娘の分だけを買ったのだ。

それを私が奪ってしまった。

ジャンは、そのことを全て知っていたけれど、私達を責めることはしなかった。私達も知らなかったことだとわかったから。

そして家族の中で一人だけ生き残った自分に対しての、後ろめたさがあるから。

お父様の誘いには感謝し、私が病院の話を持ちかけると、喜んで協力してくれた。

でも、彼の中には妹さんのことに対するわだかまりが全くないとは思えない。だから、彼は私に恋をしないだろう。

「さあ、これでおしまい。他に話すことはないわ。家を見に行きましょう。時間をとられて帰りが遅くなると困るわ。夕食までには帰らないと」

「お前がそれを食い終わったら出よう」

先を急ぎたかったので、私は慌てて残りの菓子を口にほうり込み、お茶で流し込んだ。

「さあ、行きましょう」

立ち上がり、自分の分を払おうとバッグを取り出すと、彼の手がそれを止めた。

「何をしようとするかわかるが、今日は俺の誘いだ、俺が支払う」

更にこう付け加えた。

「貴族の娘が支払いを気にするのも驚きだが、自分も払おうとするのはもっと驚きだな」

声の響きは、もう最初の頃のように冷たいものではなかった。

「私は同情を引きたくて今の話をしたわけじゃないわよ？」

「わかっている」

店の主人にお金を払い、外へ出る。

再び馬に乗り、街中を抜けると、やがてそれらしい小さな家が見えた。

先日のものよりはずっと小振りで、平屋だ。

「思ってたより小さいな」

と彼も漏らしていたから、望みには適わないものだったのだろう。

家の前には持ち主の男が立っていて、手もみしながら彼を迎えたが、エクウスはあまり気乗りした様子ではなかった。

実際、馬屋は半壊状態だったし、キッチンはまあまあだったけれど、部屋数は少なく、客用の寝室はなかった。

「どうだ、ローザ。ここは気に入ったか?」

無表情で訊かれたので、私は正直にダメなところを口にした。

「食堂の柱がでっぱってるのが気になったわ。とても邪魔ね。馬小屋は作り直せばいいけれど、お風呂場が北向きで寒いわ。あなた、ここにお客様を呼ぶなら、どこに寝かせたらいいのか頭を悩ませそうよ」

エクウスは満足そうに頷いた。

「未来の妻はここが気に入らなかったようだ。悪いが、今回はなかったことにさせてもらおう」

「しかし旦那さん、気に入らないところは後で直せば……」

大家は食い下がったが、彼は手を振ってその言葉を却下した。

「残念だが、引っ越しを急いでるんでな。改修が必要な家は俺が気に食わない」

冷たい彼の言葉に、大家は項垂れた。

「行こう、ローザ。お前のためにもっとよい家を探してやる」

恨めしそうな大家の視線を受けながらその家を後にする。

大家には悪いけれど、これで肩の荷が下りた。

「これで貸し借りはなしね」

家を出て、馬に乗ると、私は言った。

「ちゃんと務めは果たしたわよ」

けれどエクウスは頷かなかった。

「何を言ってる。家は決まらなかった。お前との約束は家探しだ。家が決まるまで付き合うに決まってるだろう」

「冗談でしょう。一日ならなんとか抜けられるけど、そう何日も屋敷を抜け出すなんて無理よ」

「だったら、あの召し使いに協力させろ。あのジャンとかいう男と一緒なら抜け出せるんだろう？」

「抜け出してるんじゃないわ。ちゃんと両親には認めてもらってるわ」

「それなら尚いいじゃないか」

「強引だわ！　私が出掛けるのは用事があってのことなのよ」

「ほう、どんな？」

「どんなって……、新居に必要な家具や道具を買い揃えないと……」

「いいだろう。それには俺が付き合ってやる。女のお前にはわからない、男に必要なものや男の好みというのもあるからな」

「あなたとローウェルじゃ趣味が違い過ぎるわ」

「趣味をどうこう言うほど余裕があるのか？」

それは……。

「付き合えば、報酬を出してやろう」

「報酬？」

「ローウェルのものを買い揃える金は病院の資金なんだろう？　お前の考えには賛同した。報酬は病院への寄付金だ。バカ王子のための出費の穴埋めにはなるだろう」

「病院への寄付はありがたいけれど……」

「明日は、昼前に門の前で待っている。馬車は昨日と同じものだろう？　出てきたらすぐに併走しよう」

悩ましいわ。

病院への寄付金は欲しいけれど、またこの人と出掛けるのかと思うと……。

ジャンにも何て説明したらいいのか。

「明日はブリックの街へ行く。市《いち》が立っているから、お前の買い物には最適だぞ。安くて珍しいものが手に入るだろう」

この人は、頭の回転が速いのね。

私の心が揺らぐことを、もう把握している。

病院のために集めたお金だもの。後で返してもらうつもりでも、無駄遣いはできない。

ローウェル達に返せるアテもないのだし。

もしその補塡《ほてん》ができるなら、病院の計画も頓挫《とんざ》しないし、ありがたいわ。

「……わかったわ。明日も付き合うわ」

「では、明日は昼前に門の前だ、忘れるな」

先を行く馬の上で、エクウスはにやりと笑った。

この人に負けっぱなしなのが悔しい。

けれど、最初の時ほど彼が嫌いではなくなったわ。

少し遅れて見つめる彼の背中には、もう拒絶を感じなかった。

まるで私を守り、先導しているようにも見える。

「エクウス、あなたの苗字《みようじ》は何ていうの？」

「秘密だ。もっと深い仲になったら教えてやる」

……気に入らないところはまだいっぱいあるけれど。


帰宅は夕食に間に合った。

私は馬に乗ったせいもあり、食欲は旺盛《おうせい》で、はしたないほどたっぷりとお食事をいただいた。

明日また出掛けるためのアピールでもある。

もう大丈夫よ、という。

食事の後にジャンを部屋へ呼び、明日出掛けたい旨を話した。

「明日、ですか？」

「ええ。ブリックの街で市が立つので、買い物をしたいの」

部屋にはメイミも同席していたので、まずは当たり障りのない理由を口にする。

けれどメイミにお茶を頼み、彼女が席を外すと、正直な理由を伝えた。

「昨日会ったエクウスに、私の正体が知られてしまったのよ。それで、彼の家探しに付き合うことになったの」

「あの男にですか？」

「ええ。しかも私が家を探している理由も知られたわ」

「どうやって？」

驚くジャンに、私は包み隠さず全て話した。

部屋に忍び込まれて、ローウェルとの会話を聞かれたことを。ついでに今日はそのせいで彼と出掛けなければならなかったことも話した。

当然、ジャンは軽率だと怒った。

「お一人で出掛けるなんて、何かあったらどうなさるおつもりだったのです」

「でもローウェル達のことを世間に知られたら……」

「それでお嬢様に何かあったら、あのお二人の心が痛まないと思われますか？」

「……ごめんなさい」

「私に謝るくらいでしたら、今後行動にお気をつけになってください」

ジャンに睨まれて、私は身を縮めた。

昨日の窓のことといい、後から思い返すと本当に私はダメね。ジャンの言うとおり気を引き締めないと。

でも、エクウスは何となく信用がおける気がしたのよ。……とは言えないわね。それを言ったら『何となく』なんて根拠がないことで、とまた怒られるに決まってるわ。

メイミがお茶の支度をして戻ってくると、私はジャンに「メイミには内緒よ」と口止めし、努めて明るい表情を見せた。

「市に行くなんて、初めてだわ。街には出ても、人込みは避けていたから。メイミは行ったことがある？」

「はい。何度か」

「オススメの買い物って何かしら？」

「私は枕《まくら》カバーや石鹸《せっけん》を買いますわ。枕カバーは可愛らしい刺繍がしてあるものが好きなんです。石鹸は、お高いものだと綺麗な匣《はこ》に入ってますので、中身を使った後に小物入れにしています」

「それなら、お土産《みやげ》はそれにするわ」

「まあ、お土産なんていりませんわ。それより楽しんでいらしてください。ジャンさんが付いていらっしゃるなら大丈夫でしょうけれど」

今日の外出を知っているから、メイミは言葉を濁した。

「今日のことはちゃんと白状したわ。今怒られていたところ」

秘密が自分一人の胸におさめるものではなくなったことで、メイミはほっとした表情を見せた。

「ジャンさん、よく言ってくださいね。私、今日一日生きた心地がしませんでしたわ」

「わかっております。明日からは、私がお側におります」

見張りがついて窮屈だけれど、一安心ね。

「それではお嬢様、私はこれで。旦那様に明日の外出を伝えて許可をいただいてまいります」

「お願いね」

ジャンを見送り、ほっと一息つく。

けれど続いてメイミからのお小言だ。

「お嬢様は頭がよろしくて行動的でいらっしゃいますけれど、ご自分がか弱い女性であることをお忘れにならないでください。いくら護衛を雇われても、やはりお一人で出歩くのは危険ですわ」

エクウスに脅されて出て行ったとは知らないから、まだジャンよりはやんわりとしているけれど。

「私、お嬢様に何かあったら生きていけませんわ」

「何言ってるの、あなたには幸せな未来が待ってるでしょう?」

「お言葉ですがお嬢様、お嬢様が私を大切に思ってくださることはわかっておりますが、私も同じくらいお嬢様を大切に思っていることを忘れないでくださいませ。私が一人で街中をふらふらしていたと聞けば、心配でございましょう?」

ふっくらした頬がぷんっと膨れる。

「ご自分のなさってることを私に置き換えてみてください」

メイミがエクウスに脅されて街中を連れ回される。

それは凄《すご》く心配だわ。

「そうね。気を付けるわ」

私は目の前にいるメイミを引き寄せ、ギュッと抱き締めた。

彼女を幸せにする、ということは、何かを与えるだけでなく、不安にさせないということとも必要なのだわ。

物をあげればいいと思うのは驕《おご》りよ。

心を大切にしないと。

「もう誰も来ないから、そこに座って。昨夜は詳しく話せなかったから、新しい家のことを話してあげる。紙を持ってきて。間取りを描いてあげるから」

「はい」

メイミに笑顔が戻り、彼女の方からもギュッと抱きつかれる。

それから、二人で目を合わせ、ふふっと笑い合った。

私がローウェルを諦められるのは、きっと恋を知らないせいね。

おとなしいメイミが、主である私の婚約者を求めたのは、恋を知ってしまったからなのだわ。

恋は、理性ではコントロールできないというもの。

去年結婚した年上の友人は、侯爵令嬢でありながら、伯爵の次男と結婚した。周囲の者は、もっとよいお相手がいるのでは、と言ったけれど、彼女は彼以外考えられないからと結婚に踏み切った。

『恋をしてしまったから、仕方ないわ』

と笑っていた。

私にも、そんな時が来るのかしら？

周囲のことが見えなくなるほど、誰かを必要とする時が。

「……まだわからないわね」

紙とペンを持って戻ってきたメイミを隣に座らせ、あの家の間取りを描き始めた。

「とても素敵なところだったわよ」

今は、こうしていることの方が楽しいわ、と思いながら。


翌日、朝食の席でお父様にもあまりわがままを言ってジャンを困らせるなとお小言はいただいたけれど、外出の許可は出た。

ジャンを手元に引き取ってから、彼の有能で真面目な働きぶりには一目置いていらっしゃるのだ。

いつか、ジャンは我が家の執事になるのではないかしら？

今日は濃い赤茶のドレス。

レースのついた帽子は必需品だ。

ちゃんとメイミの見送りを受け、馬車に乗り、大手を振って出掛ける。

門の外に出ると、エクウスは黒い馬に乗って待っていた。

窓から顔を出してジャンを見る。

彼は未来の執事らしく、感情を表さない表情でエクウスに目礼した。

「本日はお嬢様をご案内いただけるようで」

でも、言葉に冷たさを感じるのは気のせいではないわね。

「お前もジャジャ馬の世話で大変だな。今日はブリックに行く。行ったことは？」

「ございます。賑やかですが、治安のよい場所で安心いたしました」

「なら道の説明はいらないな、このまま行こう」

言い争いになるのでは、と思ったけれど、そうはならなくてほっとした。

「お嬢様、お顔を出すのははしたないですよ」

ジャンのご機嫌はあまりよくないみたいだけど。

注意を受け、私はおとなしく馬車の中に引っ込んだが、ジャンとエクウスは道々何か話をしているようだった。

漏れ聞こえてきた会話によると、どうやら街へ到着してからの行動について話し合っているようだ。

自由に歩けないのは残念だけど、ジャンが一緒というだけで安心する。

ちょうどお昼頃に、馬車はブリックの街へ到着した。

市があるせいで、道には馬車や人が溢れていた。

昨日とは違い、活気のある街に胸がわくわくする。

「お嬢様、エクウス様が昼食の席を設けてくださったそうです」

「嬉《うれ》しいわ。お腹《なか》が空いたところだから」

御者台から声をかけたジャンに被《かぶ》せるように、エクウスが憎まれ口を叩く。

「お嬢様の口に合うといいがな」

「お気になさらず。空腹は最高のスパイスよ」

高級なレストランなんて、予想はしていなかった。

だから案内されたのが、ごった返した食堂でも気にしなかった。

ただ、一つのお皿に全ての料理が載っていることにはちょっと驚いた。

ジャンが普通な顔をしているところを見ると、普通のことらしい。

ざわざわとした店の中、同じテーブルに私とエクウスとジャン。不思議な感覚だわ。

それが顔に出ていたのか、エクウスが笑った。

「召し使いと同じ食卓についたことは？」

「ないわ」

「そのようなことはいたしませんし、させません」

ジャンはどうやらまだエクウスに警戒心を抱いているようだ。

「だが、『いつか』その辺りを歩いてる人間に一緒に食事をしようと誘われて、顔が歪《ゆが》むかどうかは確認した方がいいんじゃないか？」

「そこいらを歩いている人間とお嬢様がお食事をなさることはありません」

「そうか？　慰問に行けば、感謝されて誘われることもあるんじゃないか？　特に子供なんかに」

慰問、という言葉で彼の言いたいことがわかった。

『いつか』病院を造ったら、と言いたいのだ。

ジャンもわかったのだろう。私に視線を向ける。

「お話しになったのですか？」

「寄付をしてくれると言ったのよ」

私は私でエクウスを見る。

病院のことはいいけれど、その原因は口にしないで欲しい。ジャンにとってはよい思い出ではないのだから。

エクウスは頷くように一旦目を伏せて、料理を口に運んだ。

「自宅で出る料理とは違うだろう？」

「ええ、でも美味しいわ」

私達、微妙な関係ね。

「市に入ったら、ジャンは一歩下がって付いてこい。俺とロザリンドは婚約者を装っているから並んで歩く」

　ジャンの顔が少し歪む。

「仕方ないだろう。お前はどう見ても召し使いの態度しか取れないんだ。並んでは歩けないだろう」

「人込みでお嬢様が迷子になられては困ります」

「安心しろ、俺が腕を組んでやる」

「腕を？　あなたと？」

「ダンスの時には誰とでも腕くらい組むだろう」

　最後の一言は私に向けて、だ。

「そうね。腕ぐらいならいいわ。でも、不埒《ふらち》な真似《まね》をしようとしたら、ジャンが背後から何をするかわからないわよ」

「人前で不埒な真似をするのは趣味じゃない。するなら人の見ていないところでする」

　そういうことを言うから、ジャンの顔がまた歪む。

「では、人の見ていない場所へは行かせないようにしましょう」

　料理は、味が濃いことを除けば大満足だった。

　お腹がいっぱいになったところで、店を出る。

「ほら」

と腕が差し出されるから、私は軽く彼の肘《ひじ》に手を載せた。

人の流れに乗って、ゆっくりと歩きだす。

店はまだ市から遠かったのか、ちょっと行くだけで景色が変わる。

大小のテント、屋台。歩きながらものを食べたり飲んだりしている人。あまり見たことのない服を着ている人もいる。あれは何かの衣装かしら？

周囲に人も多いし、背後にはジャンがいるから、すっかり物見遊山《ものみゆさん》だ。

「家を探すのじゃなかったの？」

「探すさ。だが住む場所を決めるには、周辺の土地柄を知ることも大切だろう？」

「ここはあなたの望む場所にしては騒がし過ぎない？」

「今日は市が立つから賑やかなだけだ。普段はもっと静かだな」

訳知り顔の言葉に、訊いてみる。

「あなた、前にもここに来たことがあるの？」

「国内では行ったことのない場所の方が少ないな。……俺は自由な身だから」

やっぱり彼は渡りの剣士なんじゃないかしら。

「ああそう。枕カバーと石鹸の売ってる店を探して。お土産にするの」

「誰の？　お前の母親はこんなところで売ってる品物は喜ばないだろう？」

「メイミよ。それを買うのが楽しみなんですって」

「楽しみなら、本人に残してやれ。自分では買えない、お前でなければ手に入れられないものにしてやった方が喜ぶんじゃないか？」

「何があるかしら？」

「その目で見て、自分で決めろ。妹ならそれが一番嬉しいんじゃないか？」

メイミを『妹』と言われて、少し嬉しくなった。貴族の男性ではこうは言わないわね。きっと侍女を妹扱いするなんて、と険しい顔をするわ。

さっきもジャンを同じテーブルにつけてくれたし、彼のこういうところも、嫌いじゃないわ。

「あれは何？」

「香炉だ。もっと南の方で作られてる」

「あれは？」

「菓子だな。とても辛い」

「お菓子なのに？」

「外は辛くて中が甘いんだ」

エクウスはとても物知りだった。

出店に並ぶ何を指さしても、全て答えてくれる。

品物を吟味する目もある。私が可愛い香炉を手に取ると、「それは粗悪品だ。脚がかけてる」と注意もしてくれた。

買い物の極意も伝授してくれた。

「欲しいものがあってもすぐには買うな。一点しか置いてないものなら取っておいてもらって、同じものを売ってる他の店も見て、値段を確認しろ。商人がやたらに説明する店は怪しめ。食べ物は試食してから買え。見た目で買うと失敗する」

出店で売っているお茶を買ってくれた時には、背後にいるジャンの分も買ってくれた。

この人は、態度はあまりよくないけれど、心は優しいのだわ。

そして身分で人を差別したりしない。

最初の時に私に態度が悪かったのは、身分というより私が男爵夫人でありながら愛人を囲っていると誤解していたからだろう。

楽しかった。

ジャンも、途中から笑顔を見せるようになった。

メイミへのお土産は、カラフルなリボンにした。

それならば、自分で好きなものを飾ることができるし、レースよりも手軽に使えるだろうと思って。

それから、ローウェル達の新居用に、お鍋《なべ》も買った。

鍋を買う時、エクウスとジャンは何故か真剣に吟味していた。

「厚手の方が長持ちするだろう」

「いいえ、厚手のものは熱が通るのに時間がかかりますから、底の薄いものの方がいいんです」

「だが壊れやすい」

「丁寧《ていねい》に使えば大丈夫です」

「両方買ったら？」

男性二人が鍋を片手に言い合う姿は、笑ってしまう。

という私の言葉に、二人が声を揃えて「必要ない」と言った時には、声を上げて笑ってしまった。

「わかったわ。では、大きいお鍋と小さいお鍋を買うことにします。大きい方は厚手で、小さい方は薄手にすれば、使い道が違って有益でしょう？」

解決策が出たところで、馬車に荷物を運び、やっと目的の家へ向かった。

その時にはすでに二人は、仲良しではないけれど、どこかわかり合ったようで、普通に会話をしていた。

家は、昨日のものよりは広かったが、古かった。

私が選んだあの家は、ジャンが見つけてきたのだと言うと、エクウスはジャンの意見を聞いていた。

　私よりも、ジャンが一緒に回った方がいいんじゃないかしら？

「あと四軒、目星はつけてあるんだが、お前と争ったあの家が一番いい気がする」

　エクウスの言葉に、また奪い合いが始まるかと慌てる。

「あそこは譲らないわよ。何だったら、ジャンに探してもらえば？」

「私はお嬢様のためにしか働きません。公爵家の使用人ですから」

「だがロザリンドを連れて歩けば、お前もついてくるな」

「それはまあ……」

「では明日も出掛けよう。明日は、カルドの街だ」

　この楽しさは、どうやら暫く続きそうだった。


　リボンのお土産は、メイミをとても喜ばせた。

　エクウスの言うとおり、私が選んだということだけで、彼女は満面の笑みを浮かべた。

「今日はとても楽しかったんですのね。お顔がとても輝いてらっしゃいますわ」

　メイミの言葉を否定はできなかった。

確かに、とても楽しかったのだもの。

「市に行ったのは初めてだったから」

と、今日の様子を彼女に話してあげた。

その時間も、とても楽しかった。

私が家や王都での出来事を話しても、メイミには遠い世界の話で、彼女は聞き手に回るだけだったけれど、今日のことは彼女にとってもわかる出来事なので、ちゃんと会話が成立した。

「私の行くところでは、本を売ってるお店もあるんですよ」

「まあ、本を？」

「ボロボロのものですから、買ってから修繕しなくてはなりませんけれど、貴重な本が手に入るので人気ですわ」

「立ち飲みでお茶も飲んだわ。少し買ってきたの。市に行ったことは内緒だから、今度メイミが淹《い》れてくれる？」

「もちろんですわ」

本当は、エクウスがあなたを『妹』と言ってくれたのよ、ということも教えたかった。

でもエクウスのことは秘密だから、それは言えない。

「明日も出掛けるの。だからその間に縫い物をするといいわ。リボンを使ったものができたら、見せてね」

「はい」

その夜は、興奮してなかなか寝つけなかった。

明日行く街はどんなところだろうと思うと、ワクワクした。

出会いは最悪だったけれど、エクウスと知り合えたのは幸運だったかもしれない。

翌朝、今日も出掛けると言うと、お父様は渋い顔をなさったけれど、嫁いだら気軽に街に出ることなど考えられないからと言うと渋々認めてくださった。

隠れ家を探すという当初の目的よりは、ジャンを連れて街を歩く程度の方がマシだと思ったのかもしれない。

今日出掛けた街は、大きなレースの工房のある街だった。

工房では女性が働いていて、街には女性が多かった。

目的の家はまあまあだったけれど、ジャンは否定的だった。

家が傾いていると言うのだ。

「ほら、レンガにヒビが入っているでしょう？　こういう家は危険です」

エクウスは神妙にジャンの話を聞き、頷く。

ジャンも昨日よりずっとエクウスに馴染《なじ》んでいた。

「値段も手頃なんだがな」

「この広さでその値段では、家主は傾きを知ってる可能性がありますね」

「なるほど」

私にも意見を求めるから、ここはどうだ？」

「女の目から見て、ここはどうだ？」

私にも意見を求めるから、率直に答えた。

「新居に傷があるのは嫌ね。それに、戸口が狭いわ。家具を入れるのに苦労するのじゃないかしら？」

「ふむ……」

家を見るのは面白い。

エクウスとジャンを見ているのも面白い。

自分がエクウスと話をするのも面白い。

公爵令嬢という立場を窮屈だと思ったことはないけれど、ここにはあの世界とは違う時間がある。

「お前が宮廷ですまし顔をしてるところが想像できないな」

「失礼ね」

「こうしている方が生き生きしてるように思う」

「あなた、宮廷での私のことなんか知らないでしょう？」

「それもそうだ」

ローウェルとも、親しい口は利く。

彼とは友人だから。

でも彼は、こんなふうにズケズケとした物言いはしないし、私もここまでの軽口は叩かない。

ジャンはあくまで召し使いとしてしか会話をしないし、こんなふうにあけすけな会話をする男性はエクウスが初めてだわ。

「この食堂は気に入ったんだがな」

「それは私も同意するわ。窓が大きくて素敵」

「好みが一緒で何よりだ。お前はあまり貴族の娘らしくないな」

「それ、褒め言葉なの？」

「もちろんだ」

コホンと咳払いをして、ジャンが私達の会話に入る。

「お嬢様は生粋《きっすい》のご令嬢でいらっしゃいます」

「かもしれないが、俺は貴族に偏見があるのさ。高慢で欲が深いと。それに比べると、お前のお嬢様は公平で欲がないと言ったんだ」

「そういうことでしたら、納得いたしましょう」

あらかた家の中を見て回り、結局出した答えはここもダメというものだった。

エクウスは本気で家を探しているらしく、少し残念そうな顔をした。

「早いところ決めてしまいたかったんだが……」

呟きを聞いて、ジャンが前へ出る。

「どういう目的でお探しなのか、そこをはっきりさせておいた方がよろしいでしょう。それによって場所も、造りも決まってきます」

「一人でゆっくり暮らしたい。だが、あまりみすぼらしい場所では困る」

「『嫌』ではなく『困る』のですか？」

よく気づいたなというように、エクウスが苦笑いを浮かべる。

「家族が心配するのでな」

やっぱり、彼は貴族なのかしら？

「召し使いは置かれるのですか？」

「いや、それはどうでもいい。料理はできるし」

「貴族なのにお珍しい」

ジャンは、私の疑いをあっさりと口にした。

「何故俺が貴族だと？」

「わかりますよ。どんなに粗野に振る舞おうと、根本が違います。ただ、お料理をご自分でなさるということは、あまり恵まれた貴族というわけでもないようですが」

「まあそんなところだ」

エクウスは多くを語らず、ジャンもそれ以上深く突っ込みはしなかった。

でもやっぱり貴族は貴族だったのね。

「人があまり来ないところがいいな。だが王都から離れていない方がいい。俺はただ、ゆっくりと過ごしたいだけだ」

会話を締めくくるように、エクウスはそう言って遠くを見た。

彼のお家は複雑なのかしら？

跡継ぎではないから、早く家を出て行けと言われているとか？

あり得るわね。

爵位を継がない二人目以降は、生活が厳しいと聞く。養子に出ることもあるとか。

でも彼なら、一人で生活していけそうだわ。

だから、家を出ようとしてるのかしら？

気が付けば、私はずっと彼のことばかり考えていた。

ローウェルは優しいけれど、興味深いと思ったことはない。彼は当たり前のように側にいたし、周囲の者が『ローウェル様はこのような方です』と教えてくれていたから、知りたいと思うこともなかった。

ローウェルだけではない。

私の前に現れる男性は、皆、きちんと紹介され、素性も知れている。

でも、エクウスは違う。

彼に関しては知らないことだらけで、時折見せる姿も一つではない。

意地の悪いところや、部屋に入り込むという粗暴なところがあるかと思えば、優しいところもある。

物知りだったり、人を区別しなかったり、ちょっとお茶目な姿も見せる。

生まれも育ちもわからない。

多分貴族ではあるのだろうけれど、そこでどんな暮らしをしていたのかも知らない。

だからだわ、こんなに彼から目が離せないのは。

「明日も付き合ってもらうぞ」

「今度はどこへ行くの？」

「ソートンという村だ」

「そこなら知っているわ。行ったことはないけど。大きな水車のある村よね？」

「ああ」

彼が見せてくれるカードはいつも私を引きつける。

「塔のある家があるそうだ。そこを見に行く」

「塔があるの？　それは面白そうだわ」

「お前が住むわけじゃないがな」

「わかってるわよ」

時折でもいいから、こうして彼と出掛けたい。

この関係を長く続けたいと思い始めても、そうできないことが見えている。

一緒にいられるのは、彼の家探しが終わるまでだもの。

だから、楽しいと思い過ぎるのは危険なのだ、とわかっていた。


それでも、楽しいと思う時間を棄てる理由にはならない。

付き合わなければ『ならない』という理由も、私をエクウスに会わせた。

翌日は水車のある村へ。

馬車を村の入り口に停め、三人でそぞろ歩く。

村の人々は素朴で、優しかった。

日差しが強いのではないかと、軒先の椅子を勧めてくれる者もいた。

家は古い石造りで、元は兵士の見張り所に使っていたらしい。

雰囲気があってとても素敵だったけれど、人が暮らすには不向きだった。

エクウスは子供のようにその古い塔を気に入っていたけれど、ベッドを置いたら狭く感じる部屋が八つあるという造りには不満だったらしい。

彼は子供っぽいところもあるのね。

ジャンは、自分の住んでいた村に似ていると、庭先でぼんやりしていた。

エクウスは邪魔をしない方がいいだろうと私を建物の中へ招き、自分は家の中を探検していた。

私達を二人きりにしてしまったことに気づいたジャンが私を見つけた時にも、彼は家の裏手にある元武器倉庫に頭を突っ込んでいた。

「彼の興味は私より家ね」

と笑うと、ジャンも「そのようですね」と笑った。

翌日もまた誘われたけれど、さすがにそれにはジャンが異論を唱えた。

私が毎日出歩くことは許されないし、疲れもたまっているだろうと。

そこでその次は一日置いてからとなった。

今度は賑やかな宿場街だ。

通りが広く、宿屋が何軒も並んでいたが、森が近く、街からちょっと出るだけでひっそりとした場所だった。

家はしっかりとした造りで、設備も整っていて、今度こそこの楽しい時間は終わりかと思ったのだが、エクウスは首を横に振った。

「俺はこんなところでは暮らせない」

瀟洒《しょうしゃ》な造りの家は、伯爵の未亡人が余生を送ったというもので、内装がとても女性的だったのだ。

壁紙や天井にも花が描かれ、階段の手摺《てす》りにはリスが彫られている。

私には、とても素敵な家だと思えたが、男の人には可愛らし過ぎるのだろう。

「私が本当に隠れ家を探していたら、ここに決めたわ」

男性二人は玄関先の大きなシャンデリアとピンクの壁紙だけで候補から排除を決めたけれど、私は一人で全てを見て回った。

大きくはないけれど、とても意匠が凝っている。

庭には小鳥の水飲み場まであった。飛んで来ると小鳥は、きっとここに住んでいた伯爵夫人の心の慰めになったでしょう。

そこから更に二日置いて向かったのは、同じ色の屋根の家が続く村。

ここでは、村に入った途端、エクウスは「却下だ」と口にした。

「住む家の屋根の色まで取り決めされてるようなところには住めない」

だそうだ。

なので、家を見たのは私の好奇心を満足させるためだ。

病院の計画のためにこれでも色々と歩いたつもりだったけれど、所詮《しょせん》は私が歩いてもよい場所でしかなかったので、こんなにさまざまな場所を見ることはできなかった。

この頃には、エクウスはすっかり紳士になって私に優しくしてくれた。

もっとも、『お前』呼ばわりはそのままだったけれど。

ジャンとも打ち解け、私とエクウスが二人きりになるようなことがあっても、慌てて飛んできたりしなくなった。

三人で食事をしたり、買い物をしたり、散策したり。

出掛けることが楽しくて仕方がない。

けれど、同じ色の屋根の村で、カフェに入った時、エクウスは次の約束をしなかった。

村の老人がやっている、小さな店の片隅。いつものように三人で囲むテーブル。

お茶をいただきながら、彼は小さくため息をついた。

「よかったのは、俺が目に留めて飛び込んだあの家だけだったな」

「家はご自分で探されたのではないのですか？」

ジャンが訊くと、彼はそうではないと言った。

「人に頼んで一人暮らしができる手頃な家を見つけてきてくれと言っただけだ。だがどうもそいつとは趣味が合わなかったらしい」

「望みが少ないからでしょう。もっと具体的に言わなければ。今までの家もエクウス様が口にした、王都からそう離れておらず、男が一人で住む、手頃な家賃の一軒家という条件は満たしていると思います」

　ジャンの的確な指摘に彼の顔が歪む。

「先日も申しましたとおり、望みは具体的に伝えた方がよろしいと思います。はっきりとしない望みには、はっきりとしない答えしか返ってはきませんよ」

「……そのようだな。残りを見て回るのは止《や》めにしよう」

「もう家探しはおしまいなの？」

　思わず惜しむ声が出る。

　彼は気づいてしまったかしら。

　エクウスは、わざわざこちらに顔を向け、目を合わせてきた。

「いや、家は探す」

　正面からしっかりと目を合わせられて、ドキリとする。青い瞳が、何かを訴えかけているようで。

「だが、このまま見て回るより、ジャンの言うとおりもう一度要望をもっと細かく伝えて探し直させた方が早いと思う」

「……そうね」

「また新しいリストが上がったら、是非一緒に行ってもらいたい。ジャンもな」

ジャンの名を言う時に、視線がジャンに向けられて、少しほっとした。

あの目でじっと見つめられると何かいけない気持ちになりそうだった。

「私もですか？」

「ああ。注意力があって、参考になる意見を幾つももらった。有能な人間は好きだ。公爵家で働いてなければうちで働かないかと誘うところだ」

「私は公爵家の人間です」

「わかってる。だからそれは諦めよう。その代わり、家探しだけは付き合って欲しい」

ジャンはどうしようかと私を見た。

エクウスと、もっと一緒にいたい。

家探しはとても楽しかった。

終わってしまうのはさみしいと思うくらいに。

この家探しが終わればエクウスとはもう二度と会う機会はないだろう。彼は私にフルネームも教えてくれなければ住んでいるところも教えてくれていない。

私達がこうして会っているのは、彼が誘ってくれるからだ。彼からの連絡がなくなれば、もう連絡を取る方法はないのだ。

「彼には……、大切な秘密を握られているから、望まれれば応《こた》えるしかないわね。私を一人で出すのが心配なら付いてきて欲しいわ」

私が口にするのは、建て前。

真実は『楽しいからまた来ましょう』だわ。

「お嬢様を一人で出すわけがございません。エクウス様には付き合えませんが、お嬢様が出掛けるところにはお供いたします」

求められてるのがジャンだけだとしても、私も誘われる。

ジャンを利用してまで、私はエクウスに会いたいのだわ。

「それじゃ、また出先が決まったら連絡しよう。ロザリンドは難しそうだから、ジャンに連絡を入れる。いいな？」

「かしこまりました」

視線を外したエクウスの横顔から目が離せない。

この人は、こんなに綺麗な顔をしていたのか、私はこれほど彼に惹かれていたのか。

「紙に書き出してみると、考えがまとまりますよ」

「ロザリンドはどんな注文をつけてあの家を探させたんだ？」

「お嬢様は水回りがよいところ、あまり遠くなく、森の近くの静かな場所で、治安がいいこと、部屋数は最低でも三部屋、一部屋の広さが十分であること、馬小屋が付属していること等ですね」

「細かいな」

彼の視線がまた私に戻る。

「想像したのよ。あの二人が暮らしている姿を。あなたが細かい条件を考えつかないのは想像が足りないいんじゃない？　適当に住めるところがあればいいとしか思っていないのよ、だから実際に家を見ると文句が出るのよ」

「想像か。確かにそうだな」

もの憂げに伏せる視線。

睫毛が長いわ。

黒髪だから睫毛もはっきりと見える。

「ちょっと考えてみよう。三人で出掛けるのは暫くナシだ」

ああ、残念だわ。

口には出せないけれど、その想い《おも》が強く胸に溢れる。

短い間だったけれど、こんなに密に人と過ごすことがなかった。こんなに強烈な個性を持っている人と付き合ったことがなかった。

「これで暫くゆっくりできるわね」

でも、口から出たのは、心とは裏腹の言葉だった。

ローウェルから、婚約を破棄された時よりも、心が空っぽになる。

時間が過ぎるのが遅くて、することがない。

エクウスと会う必要がなくなって、たった一日でこんな状態になるとは、想像もしていなかった。

お行儀悪くテーブルに肘をつき、ほうっとため息を漏らす。

会わないからこそ、彼の姿が心に強く浮かぶ。

黒い髪だったわ。あんなに黒い髪は、王妃様ぐらいしか見たことがない。

今の王妃様は南の方の出だというから、エクウスもそちらの出身なのかも。

青い瞳はとても深く、見つめられると心を見透かされるようだった。

態度が悪くて、口も悪くて。

でも心遣いは細やかだった。

もっと一緒にいたら、彼のいいところももっと見られたでしょう。

そうしたら私は彼をもっと好きになっていたかもしれない。

好き……。

そうね、私は彼が好きだわ。

優しく礼儀正しいばかりの貴族の男性より、行動的で、決断も早く、好みをしっかり口にするエクウスの方が強く印象に残る。

自分の周囲にいない人だった。

でももう暫く会わないのだわ。

そう思うとまたため息が出た。

「お嬢様」

傍らにいたメイミが、声をかける。

「なあに？」

「今度のパーティのドレスが上がって参りました。ご試着なさいますか？」

ああそうだった。

そろそろローウェルも戻ってきて、国王主催のパーティが催されるのだったわ。

「いいえ、いいわ」

でも心はエクウスのことでいっぱい。

彼がパーティにいたら、どうだったかしら？

一応貴族のようだったから、ダンスくらい踊れるかしら？

「お嬢様」

「なあに？」

「またため息をついてらっしゃいますよ。そんなにお出掛けは楽しかったんですか？」

「ええ、とても楽しかったわ」

メイミには正直に答えた。

「またお出掛けになるのでしょう？」

「さあ、どうかしら？　暫く予定はないわ。お父様にも、パーティまではおとなしくしていろと言われているし」

今朝、怖い顔で注意された時のことを思い出す。

ジャンにはジャンの仕事があるのだぞ、と。

エクウスからの誘いがなくなったので、素直に自粛しますと答えたら、ご機嫌がよくなっていらした。

「お嬢様はジャンさんと出掛けるのが楽しかったのですか？」

「ジャンと？」

「執事さんがそれを心配なさってました」

なるほど、今朝のお父様の注意はそれも含んでいたわけね。

「いいえ。ジャンは付き合っている女性がいるそうよ」

「はい。出入りの酒屋のお嬢さんのロザリーさんです」

「あら、メイミは知ってるの？」

「ロザリーさんとはよくお話ししますから。彼女も少し心配してました」

「お嬢様がジャンに横恋慕してるんじゃないかって？　ないわ。しっかり否定しておいて頂戴」

「もちろん、すぐに否定しておきました」

メイミは胸を張った。

「ジャンが結婚するなら、何かお祝いをしてあげなきゃね」

「そうですわね。でもジャンさんはあまりそういうことを顔に出しませんから、ご結婚する気があるのかどうか……」

「あるんじゃない？　私に付き合ってる人がいるって言うくらいだから。でも本人が口にする前に言うのは反則ね。でもいつになろうと結婚式は公爵家で執り行うと思うわ。私じゃなくてお父様がね」

「ジャンさん、嫌がりそうですね」

メイミは笑った。

彼女の結婚式も、私がしてあげたかったな。

結婚かぁ……。

「ねえ、メイミ。あなたローウェルのどこが好きになったの？」

何げない質問のつもりだったのだが、メイミは真っ赤になり、すぐに恐縮して顔を伏せた。私が咎《とが》めたと勘違いしたのかも。

「ああ、違うのよ。結婚とか恋愛って、どんなものなのかなぁって思って」

「でもお嬢様は婚約なさっていらしたじゃないですか」

「私にとって結婚は義務だもの。ローウェルは好きだけど、愛《いと》しいと思ったことはないわ。というか、殿方を愛しいと思うのがどんな気持ちなのかもわからないのよ」

「今までどなたかお好きになった方は？　お小さい時とか」

肩を竦めて否定する。

「子供の時からお父様の中では婚約が決まっていたのよ。そんな相手を近づけるわけがないわ。だから、興味があるの。私が心の動かなかったローウェルのどこがいいのかって」

メイミは戸惑ったが、ポツポツと口を開いた。

「お優しい方ですわ」

まあそうね。

「それに、お寂しい方だと思います」

「寂しい？」

「お嬢様をお待ちになってらっしゃる時、よくお一人でため息をついてらっしゃいました。とても疲れたご様子で。ですから、お疲れでしたら私は席を外しましょうかと声をおかけしました」

「ローウェルは何て？」

「ご自分では気づいてらっしゃらなかったようで、驚かれていらっしゃいました」

ローウェルがため息をつくところなんて、見たことはなかったわ。

最初はメイミを人として認識していなかったのね。高貴な者は召し使いが側にいるのが当たり前で、存在を意識しないものだから。

「お声をかけてからは、私のことを意識なさって、ため息をつかれることがなくなりました。悪いことをしてしまったと思ってもうお声をかけないようにしていましたら、殿下の方からお声をかけていらして……。気を遣わせた、と思ったのでしょう。それから、お嬢様をお待ちになっている間、お話をさせていただいておりました」

「ええ、ローウェルからも頭のよい、楽しい侍女だと聞いていたわ」

あの頃は、大切なメイミが認められて私も嬉しかった。

結婚したら、彼女は王城に連れていくつもりだったし。

「いろんなお話をいたしました。陛下のこと、亡くなられた前の王妃様のこと、弟君のこと。ご自分が王になられた時の不安も口にしてらっしゃいました」

そんなことまで。

「私が聞いたことをお嬢様にも話していないことを知ると、もっといろんな話をしてくださいました。きっと、お城では誰にも話すことができなかったのでしょう。私でお役に立つならと、聞き手に徹しておりました。そのうちに、あの方の寂しさが伝わって、お側にいたいと思うようになってしまったんです」

今も、メイミはローウェルが何を話したか具体的なことは口にしなかった。

彼の苦しみは彼のもの。私に話すべきではないと理解しているのだろう。

メイミはとても頭のいい娘だわ。

「彼を、側で支えたいと思ったのね？」

「支えるなんて大それたことは……。でも、もうあの方をお一人にはしたくないと思っています。お嬢様が反対なさったら、私はただの召し使いとしてお側にいるつもりでした」

彼女の声が少し震える。

「恋愛って、苦労が待っているとわかっていても側にいたいと思うものなのね」

「おつらい時に、一人にしたくないと思うものですわ。自分がいて何ができるわけでもないのがわかっていても。片時も忘れられなくて、あの方は今なにをなさっているのかしら、また苦しんだり悲しんだりしていらっしゃらないかしらと考えてしまうのです」

「ずっとローウェルのことを想っているの？」

「はい」

「会えないと、余計に彼のことを思い出す？」

メイミはためらいながら「はい」と頷いた。

「彼の全てが知りたいと思ったりする？」

「できることでしたら」

　彼女の返事を受けて、私は黙った。

　何かそれって……。

「お嬢様？」

「あなたは最初からローウェルが好きだったの？」

「まさか、お嬢様の婚約者で王子様ですもの。最初はご主人様達と同じようにしか見られませんでしたわ」

「じゃ、ずっと長い時間をかけてローウェルを好きになったの？」

「長い時間と申しますか……、ある日突然でしたわ」

「突然？」

「はい。ローウェル様のもの憂げな横顔を見ていた時に急に……、その……、もっとお側にいたい、もっとお会いしてお話を伺いたいと……」

　いやだわ。

　メイミの話を聞いていると気が重くなる。

　ローウェルに対するのろけ話が嫌なわけではない。彼女が語る恋心に心当たりが浮かんできてしまったからだ。

　離れていると会いたくなる。

ずっと相手のことを考えている。

最初はそんな気がなかったのに、突然想い始める。

横顔に見入ってしまう。

それって全て私が今、エクウスに感じていることじゃない。

ということは、私がエクウスに恋をしている、ということになってしまうわ。

「ローウェル様は物知りで、いろんなお話をしてくださるんですよ。私が無知を恥じると、知らない者に教えるのは楽しいとおっしゃって」

まだ続くメイミの話を聞きながら、私は頭の中で今浮かんだ疑問を懸命に否定した。

あり得ないわ。

だって私達はまだ数回しか会っていないのよ。第一印象なんて最低だったわ。

そりゃ美男子ではあるし、最近は優しいけれど、恋なんてするわけがないわ。

ローウェルとの婚約が正式に破棄されても、私に求婚する相手は現れないだろう。お父様の地位を頼る者がいたとしても、それは数年先になるに違いない。

身分の低い者が私を望んでも、許されるかもしれない。

エクウスは貴族だし。

でも、彼が私を結婚相手として見ているかどうかはわからないわ。

「いいえ、そうじゃないわ！」

「お嬢様？　私、何か間違ったことを申しました？」

「あ、いえ、そうじゃないの。ええと……、あれよ。ちょっと小腹が空いたなと思って。でもほら、もうこんな時間だからそうじゃないわって」

「お夕食も終わられたのに？」

「そうね。やっぱりやめておくわ」

「よろしければ、温かいミルクか何かお持ちいたしましょうか？」

「そうね。ミルクがいいわ」

「かしこまりました。お腹が空かれたのでしたら、ビスケットもお持ちしますわ」

「お願いね」

メイミをやり過ごしてから、私は再び考えを戻した。

私がエクウスに恋をしているということは考えられないわ。

あの、物語の王子様のようなローウェルにだって心は動かなかったのよ。むしろ、穏やか過ぎて物足りないと思っていた。

それに比べるとエクウスは強引で、男らしいわね。

でも私を『お前』呼ばわりするのよ？　失礼じゃない。あんな態度を取る人なんて、初めて会ったわ。

大体、貴族の娘が恋愛で結婚するなんて考えられないわ。

さっきはエクウスでも私に求婚できるかもと考えたけど、お父様が許すはずがない。それくらいなら、数年待ってでも名家の相手を探してくるだろう。

エクウスのことは気に入った。好きかもしれない。でも恋愛じゃないわ。

珍しいタイプの男性だったから記憶に残っているだけよ。このまま会わずにいれば、きっとすぐに忘れるわ。

これからは、王城のパーティにメイミ達の新居の用意、更にその後にはもっと大変なことが待っているのだもの。忙しさに紛れてしまえば思い出すこともできないでしょう。

うん、これが答えよ。

答えが出たところで、ノックの音がした。

「お嬢様、ミルクをお持ちいたしました」

答えがでてスッキリし、笑顔で彼女を迎える。

「ありがとう」

「それから……、ローウェル様がいらっしゃいました」

「ローウェルが？　こんな時間に？」

メイミの背後から、ローウェルが顔を出す。

「狩りから戻ったので、ちょっと立ち寄っただけだよ」

まだ戸口にトレーを持って立っているメイミを包むように、扉と壁に手をかけて微笑《ほほえ》む顔には、『メイミに会いたくて』と書いてある。

この人は、こんなに大胆な人だったかしら?

「いいわ、お入りになって」

「いや、挨拶に寄っただけだ。長居をするほど礼儀知らずではない」

顔を見るためだけに、寄ったのね。私ではなく、メイミの。

「その情熱に免じて、お茶一杯分の滞在を許可しますわ。お父様も、私の部屋に来ることを許したのでしょう?」

「泊まっていってはいかがかと言われたよ」

……お父様ったら。

「それはローウェル様のお心に任せますわ。でも私の部屋への滞在は、お茶一杯分よ。メイミ、お茶を持ってきて、私の分も」

「でもお嬢様にはミルクを……」

「私はミルクを飲むわ。だから運んできたお茶はあなたがそこに座って飲みなさい。見られなければ誰がどこで飲んだかなんてわからないのだから」

私にもエクウスにも、きっとこの情熱はないわ。

だから、これは恋愛ではない。

その答えをくれたお礼に、馬を飛ばしてきたローウェルに癒やしの時間を贈るのもいいでしょう。

私はミルクを受け取ると、部屋の隅にあるデスクに移った。

長椅子は、ローウェルとメイミのために譲りましょう。

「旅行は楽しかった？」

「ああ、狩りの腕前はまた上がったと思うよ」

幸福な、本当の恋人達のために。


その夜、ローウェルは我が家に宿泊し、翌日、朝食を一緒にとってから帰城した。

やはり遠くから馬を走らせてきたせいか、終始眠そうな顔をしていた。

私は、お父様が、彼を屋敷に泊まっていくよう勧めたのに私の部屋の前に人を立たせていたのを知っている。

夜中に私がローウェルの部屋へ忍んでいったり、彼が私の部屋を訪れたりしないように注意したのだ。

王子であるローウェルの部屋に監視はつけられないから。

何も知らないお父様。

今は、第一王子の婚約者の父として得意満面だけれど、すぐに怒りと悲しみにつつまれてしまうだろう。

お父様が宮廷で絶対の権力を持っていなければ、私は二人のことをこれほど素直に賛成はできなかったかもしれない。

でも、私に傷がついてもお父様には傷はつかない。むしろ、陛下に恥をかかされたと怒ることができる。

お父様は、強い方だ。

昨夜、私の部屋に現れたローウェルも、強い男だった。

いつもの、穏やかに『そうかな』と笑うだけの人ではなかった。

彼は、ここへ来る間ずっとメイミのことを考えていたのかしら。

会いたくて、会いたくて、我慢ができなかったのかしら。

二人の結婚を祝福するというのは、よい選択だったのだわ。

私は、やっと誰かを幸せにすることができた。

自分のせいで小さな命を失わせたことの償いができた。

あの時命を落とすのは私のはずだった。それを思えば、この先冷たい視線に晒《さら》されよう
と、結婚が遠のこうと、関係はない。

こうして生きていることだけで、幸運なのだから、これ以上を望んではいけない。それ

に、おばあちゃんになってからローウェルより素敵な人と結ばれるかもしれないもの。

一瞬頭を過《よぎ》ったエクウスのことは別として。

出掛ける予定もないので、私は昨夜届いたパーティ用のドレスを試着してみた。

お母様とドレスに合わせるアクセサリーや靴を選んで、午後からはお母様と一緒にお母様のお友達の家のお茶会に出席した。

庭に設《しつら》えられたテーブルで、花を眺めながら優雅にお茶を戴《いただ》く。

飾りのついた素敵なお菓子を摘まみ、会話はいつも流行のドレスのデザインや新しくかかっているお芝居のこと。

時間はゆったりと流れ、景色は美しいまま何一つ変わらない。

お茶のおかわりは、黙っていてもそっと注がれる。

これが、私の日常。

今までずっと過ごしてきた場所。

なのに、頭の中にはエクウスとの家探しのことが浮かんでしまう。

初めてみる景色、行く土地土地で違う風景。

食べたお菓子はもっと素朴で、雑な作りだった。お茶を立ち飲みしたこともあった。

こんな細かい絵が描かれたカップじゃなく、素焼きのものや、木をくりぬいたようなカップもあった。

話題もさまざまで、人の暮らしやものの歴史など、知らないことばかり。

あの楽しさを知ってしまったから、この時間を退屈と感じてしまう。

そして、胸の中にぽっかりと穴が開いたような感覚に襲われる。

その穴を埋めてくれるものが何なのか、わかっていながら考えたくはなかった。

「そういえば、ロザリンド様、聞きまして？　今度のパーティはとても盛大になるって」

隣に座っていた友人が囁くように声をかける。

ここでは私を呼び捨てにする者も、『お前』と呼ぶ者もいない。

「ええ、王室ご一家が皆さん出席なさるそうですわ」

「王妃様もいらっしゃるのでしょう？　いつもは公式の席にはあまりお顔をお見せにならないのに」

「そのようですわね」

「それって、やはりロザリンド様とローウェル様の結婚式の日取りがお決まりになったのではなくて？」

「いいえ、結婚はまだまだですわ」

「でも、婚約発表から随分経《た》ちますでしょう？」

「私もよくわかりませんけれど、ローウェル様が、結婚の支度のために色々してくださってるようですわ」

同じテーブルについていた他の方も、その話題に声を上げた。

「まあ。それってウエディングドレスを作らせてらっしゃるの？　いえ、それは公爵家でご用意なさるのよね。ではティアラを特別に作らせてらっしゃるのかしら？」

「さあ？　私にも教えてくださらないのよ」

「私は式場の用意だと思うわ」

「あら、王城のロザリンド様のお部屋を飾ってらっしゃるのよ。ひょっとしたら、王妃様よりも素敵なお部屋かも」

「そうね。今の王妃様より、ロザリンド様の方がよいご実家なのですもの」

「今の王妃様って、前の王妃様のお部屋をお使いなの？」

「いいえ、ローウェル様がお使いくださいとおっしゃったそうだけれど、お断りになったのよ、恐れ多いって。前王妃様よりもお小さいお部屋を使ってらっしゃるらしいわ」

「あの方は、ご自分のことがよくわかってらっしゃる。ご実家が伯爵家ではねぇ。その点ロザリンド様は公爵家ですもの、リリアンナ様より大きなお部屋でもよろしいと思いますわ」

　ここでは、身分で人を区別する。

　家の格が、人の格になる。

　そんなもの、目にも見えないし、本質とも違うのに。

彼は、誰のことも『お前』と呼ぶのだと言っていたわ。貴族の娘でも、街の娘でも。

彼なら、王妃様のことを何と言うかしら？

王様が好きで結婚しただけの相手だと言うかしら？

「ロザリンド様、今度は私の家にもいらしてくださいね。新しいパティシエを雇いましたの。珍しいお菓子をお出ししますわ」

「まあ素敵ね。伺わせていただきますわ」

ここは窮屈ね。

でも、私はこの世界の人間なんだわ。

着飾って、笑って、他愛のない話をする。

ローウェルに偉そうなことを言っても、私だって自分の力でお金を稼いで生活することはできない。

エクウスと行った村の工房で働く女性の方が立派だわ。

それをここで力説しても、頷いてくれる人はいないでしょうけれど。

王妃になれば、その考えを人に知らしめることができたかもしれない。でもそれも今は無理なこと。

王子の婚約者ではなくなった私にできることはあるのかしら？

病院があるわ。

王子妃でなくなったら時間はかかるでしょうけれど、頑張ればきっとできるわ。

今はそれを望みとしよう。

私にできることはそれだけだから。

私が抱ける望みは、それだけだから……。


パーティの前日は、死神の鎌《かま》のように細い月が浮かぶ夜だった。

夕食の話題もパーティのことで、リリアンナ様がご出席なさるので、久々にご挨拶に伺うようにとのことだった。

宮廷内にあって、お母様はリリアンナ様に好意的な方だった。

以前聞いたことがあるのだけれど、お母様はリリアンナ様のことを陛下の最初の結婚の前から知っていらしたそうだ。

身分が違うから結婚ができなくて可愛そうにと思っていらしたらしい。

その上前王妃様との結婚話が持ち上がると、ライバルが隣国の王女では、どこかに養女に入って便宜上爵位を上げても無駄。ますます可愛そうに思われたらしい。

王妃になるには伯爵は微妙な爵位だが、悪い地位ではない。もしも陛下とのことがなければ、リリアンナ様も普通に嫁ぐことができただろう。

愛妾となってからも、奥に引きこもったまま表に出ることはなく、前王妃様と争うこともしなかった。

王妃となってからも、権力をふるったり、今まで自分に冷たく当たっていた人々を冷遇することもない。

控えめな女性なのだと、気に入っていらした。

お父様が宮廷内で権力があるというなら、その奥方であるお母様に力が無いわけがない。そのお母様がお気に召したとなれば、リリアンナ様に対する風当たりはだいぶ和らいだ。

パーティにあまりご出席なさらないから、私はあまりお会いしたことはないけれど、お母様は離宮に遊びに行かれたり、親しくなさっているらしい。

お母様が王妃様の後ろ盾になったことで、陛下は感謝し、お父様が優遇される。

我が家はそういうことでも、力を手に入れた。

恋愛は、純粋な感情かもしれないけれど、その周囲までが純粋ではないのね。

思惑が混ざり合って、とても複雑だわ。

「明日は、お城でローウェル様が待ってらっしゃるでしょうから、あなたは私達と別の馬車で行きなさい」

お母様の言葉に、私は聞き返した。

「ご一緒しませんの？」

「あなたは殿下のお相手、私達は宮廷のお付き合いよ」

お話が済むと、私は自分の部屋へ戻った。

メイミに着替えを手伝ってもらって、湯を使う。

明日は忙しいだろうから、今日は早く休むように言って彼女を戻すと、夜着にガウンを纏《まと》ったまま長椅子に腰掛けた。

私も早く眠らなくてはいけないのに、あまり眠くない。

あれから、ジャンに買い揃えたものを新しい家へ運んでもらい、メイミを案内するように頼んだ。

エクウスが現れたせいで、随分早く契約をしてしまったから、先に掃除や家具の手入れをさせた方がいいだろうと思って。

メイミは、あの家をとても気に入ってくれた。

次の休みには、朝から行って、ピカピカに磨いてきますと言っていた。

ローウェルという婚約者は失っても、彼とはいつまでも友人でいられると思う。今までも時々しか会わなかったのだから、これからも時々しか会えなくても変わらない。

ただ、メイミがこの家からいなくなるというのは寂しかった。

子供の頃から、朝から晩まで一緒にいた。これからもずっと、お互い年老いても、一緒にいられると信じていた。

そのメイミが、私の側から消えてしまう。

時折こっそり会えるかもしれないけれど、今とは違う。

「……メイミがいなくなる前に、侍女を探さないといけないわね」

メイドの中に有望株を探すべきか、外から雇うか。

どちらにしても大仕事になりそうだわ。

ため息をつき、そろそろ隣の寝室へ移ろうと思った時、窓の方から音がした。

何かしら？　風で何かが飛んできて当たったのかしら？　ガラスが割れると嫌だわ。

私は寝室へ向かっていた足を窓の方へ向けた。

音がしたのは、エクウスが侵入してきた、あの窓だ。

カーテンに手を掛けた時、再び音がした。明確に、ガラスを叩く音。

侵入者？

「……誰？」

不審に思ってカーテンは開けず、一歩窓から離れて声をかける。

「俺だ」

返ってきたのは、聞き覚えのある声だった。

考えるより先に身体が動く。

カーテンを開けると、ガラスの向こうには、夜の闇《やみ》に溶け込むようなエクウスの姿があった。

「何やってるの！　こんな夜遅くに。連絡ならジャンにするんじゃなかったの？」

エクウスが来た。

私の目の前にいる。

それだけで胸がドキドキする。

会いたかった人に会えたその喜びが溢れ出る。

「お前の顔を見に来た」

彼の青い瞳。

じっと私を見る深青の宝石が、室内の明かりを反射して輝く。

「私の顔？」

「ああ。今夜、どうしてもお前に会いたくなったんだ」

彼の言葉にまた胸が震える。

本当に？

私に会うためだけにここへ来たの？

メイミに焦がれたローウェルのように？　それとも何か別の理由があって？

「窓は開けないわよ」

「それでもいい。顔が見たかっただけだ。それにその姿を見れただけで来た甲斐《かい》がある」

彼がいたずらっぽく笑うから、私は自分がガウン姿であることを思い出した。

何てはしたない格好を。まだガウンを着ていてよかったわ。夜着だけだったら、きっと恥ずかしくて逃げ出していたでしょう。

ガウンは厚手なので逃げ出しはしないけれど、前はしっかりと掻《か》き合わせた。

「私の顔を見てどうするつもりだったの？」

「どうするつもりだったんだろうな。ただ、心を決めたかっただけかもしれない」

「心を……、決める？」

「ああ。自分が、お前のことをどう思っているか、はっきりさせたかった」

彼が何を言おうとしているのか、わかる気がした。

自分の中にも、似た気持ちがあったから。

「はっきりさせて、どうなったの？」

私も、あなたに会いたかった。『これが何であるかわからない気持ち』を持て余して、悩んでいた。

でも私には、この気持ちをはっきりさせる勇気はなかった。

あなたにはあるの？　そして答えは出たの？

窓に近づき、彼のいる場所に手を伸ばす。

ガラスの向こう側で、エクウスも同じように手を伸ばし、ガラスを隔てて二人の手が重なる。

「どうやら、俺はお前が好きらしい」

ああ……。

心のどこかで待っていた言葉。

「家に戻っても、ずっとロザリンドのことを考えていた。理由が無ければ会えないのに、理由を作る前にここへ来てしまった」

「エクウス……」

「今は何も言わなくていい。ただ、自分の気持ちを伝えたかっただけだ。お前が俺を選んでくれればいいとは思っているがな」

好きだと言われてこんなに嬉しいのは、私も同じ気持ちだから。

今すぐ窓の鍵を開けて、彼を中に入れてあげたい。この喜びを伝えたい。

「俺を選べ」

でも私は動けなかった。

彼を中へ入れたら、何をしてしまうかわからなかった。抱きついて、嬉しいと言って、私も同じよと白状してしまったら、そのまま別れることができない気がして。

「ローウェルより、俺を選ぶと言ってくれるのを待つ」

「ローウェルはメイミのものよ」

「そうだったな。では俺の勝ちだ」

「わからないわよ。私は他の人を選ぶかも」

「そんな目をしてそれを言うか?」

勝ち誇ったように笑う。

私の心を読んだように。

「会えてよかった。心が決まった」

「エクウス」

「名残惜しいが、今夜はこれだけでいい」

彼は、ガラスに顔を寄せてキスした。

うっすらと、唇の跡が残る。

「おやすみ」

一方的で強引な逢瀬《おうせ》。

ガラスの向こうとこちらで、触れ合うこともしなかった。

でも……、彼は私を好きだと言ってくれた。

会いに来る理由を作るより先にここへ来たと。この細い月しかない暗い夜に、馬を走ら

せて来てくれたのだわ。

会えて嬉しい。

この踊りだしたいほどの高揚感。

私は実感した。

これが恋なのだわ。

私は彼が好きなのだわ。いいえ、私『も』彼が好きなのだわ。

ガラスに残った彼のキスの跡に、こちら側から自分も唇を重ねる。

「エクウス……」

次はいつ来るかしら?

今度会ったら、勇気を出して言ってみよう。

私もあなたが好きよ、と。

あなたと過ごした時間が、たとえ短かったとしても、どれだけ楽しかったか。あなたと会えなくなって、どれほど寂しかったか。

今夜ここに会いにきてくれて、どんなに嬉しかったか。

先のことはわからないけれど、今の気持ちだけでも素直に伝えよう。

ローウェルと結婚しなくてよかった。破棄されてよかった。私は幸運だわ。初めての恋を前に、他の男の人の手を取らずに済んだんだもの。

窓から離れ、カーテンを閉める。

夜の闇は明るいグリーンの布の向こうになり、私は続き間の寝室へ向かった。

ガウンを脱ぎ、ベッドの中に潜り込む。

明日はパーティだから、もう眠らないと。

でも、今夜は眠れそうもなかった。

気づかされた、この初めての恋に酔って。


これだけでも飾りになると言われる金の髪に刺すのはサファイアとブルートパーズを使ったグラデーションブルーの髪飾り。

すっきりと耳は出して、後ろは長く流す。

長い首を強調するように胸元を大きく開け、ウエストをキュッと絞ったデザインのドレスも、白を基調にしたグラデーションブルー。

これを選ぶ時、お母様にピンクの方が可愛げがあるのじゃないかと言われたけれど、やっぱりブルーを選んでよかった。

いつもより大人っぽく見える。

ドレスの中で見えないけれど、真珠の飾りのついた靴も気に入っていた。

「完璧ですわ、ロザリンド様」

髪を仕上げた後に満足げに言ったメイミの言葉に送られて、屋敷を後にし、城へ向かう。

今夜の私は公爵令嬢というだけでなく、第一王子ローウェルの婚約者として、会場の注目を集めるだろう。

好意と憧《あこが》れだけでなく、嫉妬《しっと》や妬《ねた》みの視線も受けることになる。

その時は、メイミのどこか自慢げだった今の言葉が私に自信を持たせてくれるに違いない。

私は完璧なのよ、と。

たった一人で乗り込む王城。

今夜はふんだんに篝火《かがりび》が焚《た》かれ、城は美しく夕暮れと夜の狭間《はざま》の空に聳《そび》え立《た》つ。

ここへは、あと何回来られるのかしら？

全てが明らかになったら、足を運ぶことはできなくなるかもしれない。そう思うと、今夜は特別な感慨が湧いた。

一瞬だけだけれど。

同行した侍従が城の者に「ウォルシュ公爵令嬢ロザリンド様です」と告げると、心得たように私を奥へ案内する。

会場を目指す人々の流れから外れ、別室へ向かう。こぢんまりとしているが美しい小部屋で少し待たされるとローウェルが姿を見せた。

「これは美しい。まるで湖の女神のようだ」

ソツなく褒める彼は白に金の飾りのついた礼服に身を包んでいた。

「あなたは素敵な王子様そのものですわ、ローウェル様」

私も彼の出来栄えを褒めると、互いに笑った。

「今夜は私達、注目の的ね」

「そうでもないよ」

「あら、どうして？　ああ、珍しく王妃様がご出席なさるからね」

「義母上《ははうえ》よりもっと珍しい人物が出席する」

「どなた？」

「義弟だ。ラルフが初めて公式の席に顔を出す」

「まあ……」

それには私も驚いた。

ラルフ様といえば、お母上であるリリアンナ様が王城へ入られてからも頑《かたく》なに城へは足を運ばなかったのに。

「私が勧めたんだ。その……、彼には早めに公式の席に出てもらって、人々に知られないといけないからね」

言いにくそうに言う彼の言葉の意味は理解できた。

彼はこの城を去る。

その時に、王位継承者としてトップに立つのはラルフ様になる。次に王になる者として、公式の席に立たなければならなくなるのだ。

だから自分がいるうちに義弟の顔を売り込んでおきたいのだろう。

「ラルフ様、嫌がらなかった？」

「少しね」

「あなたを立ててずっと日陰の身に甘んじていた奥ゆかしい方だものね」

私ですら、ラルフ様にお会いしたことはなかった。

でも、あのリリアンナ様の息子だもの、波風が立たぬように考えて王子の地位を棄てようとしてらっしゃる慎《つつ》ましい方なのだわ。

「君には先に紹介するよ。会場に入ってしまうと、人に囲まれて近づけなくなるだろうからね」

「私が？　ラルフ様が？」

「両方さ」

「どんな方？　少し予備知識を頂戴」

「……そうだな。黒曜石のような青年だ。私が『あの』決断をしたのは、彼がいるから、というのもあるんだ」

『あの』というのはメイミを選んで王位を手放すことに決めたことね。

「彼の方が、王に向いているのではないかと思うよ」

「聡明な方なのね」

「ああ」

ローウェルはすぐに頷いた。

「あんなに才能のある者が、何の地位も持たずに隠されているのはもったいないと思っていた。『あの』ことがなくても、表に立つべきだと考えていた。もし私が王になっていたとしたら、彼を宰相として傍らに置いただろう」

ローウェルがここまで褒めるなんて、随分と認めているのね。

「とても興味が湧いたわ。仲良くなれるといいのだけれど」

「そうだね。ラルフと親しくなれれば、後での立場もよくなるだろう」

部屋には召し使いが一人控えているから、私達は奥歯にものが挟まったようにもどかしい会話を続けた。

「今日の装いは、私の侍女が完璧だと褒めてくれたのよ」

「そのとおりだよ」

 メイミのことを匂わせると、ローウェルは微笑んだ。

「あの娘にも、こんなドレスを着せてあげたかったわ」

「似合っただろうね。でも君は特別だ。君が婚約者でよかったと心から思うよ。お父上のお力は関係なく、君という女性でね」

「ありがとう」

ローウェルが召し使いを見る。

召し使いが小さく頷く。

それが合図で、彼は私に腕を差し出した。

「先に父上達にご挨拶に行こう」

「はい」

彼の腕に手を添え、部屋を出る。

パーティの会場となる大広間に向かうのではなく、奥へと進む通路には衛兵の姿だけで、客の姿はない。

大きな扉の前には、衛兵が二人と、扉を開けるための侍従がいた。

侍従はローウェルの姿を見ると深く頭を下げ扉を開いてくれた。

私が通されたよりもずっと広い待合の部屋の中には、陛下と王妃様がいらした。

「父上、義母上。ロザリンド嬢です。開場の前にご挨拶を」

国王陛下は、こちらを向いて優しく微笑まれた。

鋭い眼光を持つ目が細まる。

陛下とお会いするたび、ローウェルは亡くなられた前王妃様似だと痛感する。陛下はローウェルよりもずっと攻撃的な匂いのする方だもの。

「よく来たな、ロザリンド」

私はローウェルから手を離し、深く礼をした。

「ご無沙汰《ぶさた》しております、陛下。お目にかかれて光栄でございます」

「未来の娘だ、堅苦しい挨拶はよい」

「はい」

隣に座る王妃様は、伏し目がちに微笑まれた。

「先ほどはあなたのご両親がいらしていたのよ」

柔らかな声。

控えめで、おとなしそうな女性。

「よくいらしてくださったわね」

「王妃様もご機嫌麗しく」

心なしか嬉しそうに見えるのは、実の息子の公式デビューが決まったからかしら？

「義母上、ラルフは?」

「そちらよ。ラルフ、お義兄様《にい》と婚約者さんにご挨拶をなさい」

王妃様の視線の先を辿《たど》ると、その先には一人の青年が立っていた。

王妃様譲りの黒い髪、陛下に似た力強い空気を纏った精悍《せいかん》な男性は、ローウェルとは対照的に黒い礼服に身を包んでいた。

まるで影のように。

「『初めまして』、未来の義姉上《あねうえ》」

通る声が、私の心臓を射貫く。

微笑もうとした顔が強ばる。

どうして……。

どうして彼がここにいるの?

「ロザリンド、彼が私の弟のラルフだよ」

ローウェルが隣から挨拶を促すように改めて紹介する。その声でやっと意識を取り戻し、態度を取り繕う。

「『初めまして』ラルフ様、ウォルシュ公爵の娘、ロザリンドでございます」

私が頭を下げたのは、エクウスだった。

衣服も態度も言葉遣いも違うけれど、見まちがうはずがない。だって昨夜会ったばかり

だもの。

「とても美しい女性ですね。義兄上《あにうえ》」

手に嫌な汗が滲《にじ》む。

頭の中にさまざまな考えが巡る。

どうして彼なの？

何故彼がラルフ様なの？

「ああ。宮廷一の美姫《びき》だと思うよ」

何故そんなに平然とローウェルと言葉が交わせるの？

あなたは知っているはずよ、ローウェルが私の手を離すことを。王位を棄てて去っていく決意をしたことを。

「義兄上の婚約者でなければ、と考えるのは不敬ですね」

「褒め言葉として受け取るよ。ラルフは結局パートナーを選ばなかったのか？」

「はい。今夜の私は飾り物ですから。ダンスの時にはどなたか適当な女性を誘います。それができなければ、母上と踊るつもりですから」

「まあ、私と？」

「息子のために付き合ってくださってもよろしいでしょう？」

和やかな会話。

でも私は微笑んで聞いているだけで全神経を使わなければならないほど困惑していた。考えがまとまらない。

現実が受け止められない。

ようやく、エクウスが偽名で、彼の正体がローウェルの義弟のラルフ様であったのだと受け入れることができる程度。

「陛下、ソームス公爵がご挨拶に参りました」

侍従が新たな来客を告げると、会話が止《や》んだ。

「それでは父上、私達は先に広間へ」

ローウェルが私の手を取りながら言った。

「一緒に出ないのか？」

「今夜の主役はラルフに譲ります」

触れた彼の腕に添えた手に、思わず力が入る。

ローウェルは一瞬、不審な顔をしたが、すぐに手を外し、私を支えるように腰に手を回してきた。

「それでは、お先に」

「仲睦《むつ》まじいこと」

王妃様の言葉を受けながら、部屋を出る。

戸口で新しい来客と入れ違い、互いに軽く会釈する。

ローウェルは、大広間へは向かわなかった。

廊下に据えられた休憩用のベンチに私を連れてゆき、座らせた。

「どうしたんだ？」

自分は座らず、心配そうに私を覗き込む。

「何でもないわ」

彼には言えない。言ってはいけない。

理屈ではなく感覚でそう判断した。

「そうは見えないよ」

「……ラルフ様とお会いするのが初めてだから緊張したの」

「ロザリンド」

嘘を言わなくていい、という響き。

でも真実は口にできない。

「本当よ。あなたに言っていいかどうかわからないけれど、あなたより陛下に似てらっしゃると思って驚いたの」

「それは確かにそうだな。ラルフは父上の強さを引き継いでいる。だから彼を王にしたいと言い出す者もいるくらいだ」

「あなた達は、仲がいいの？」

「ラルフと私か？　ああ。私はうまくいってると思っている」

ローウェルは私の隣に座った。

まだ私のことが心配なのか、手を握ってくれる。

「あなたの王位を狙ったりしそうなタイプだわ」

「それはないよ。私は何度も公式の席へ出るようにと誘ったのだが、彼は争いの種になることは避けた方がいいとずっと辞退していたくらいだ。王には第一王子である義兄上がなられるべきですというのが口癖だ」

本当にそうなのかしら？

「ただ、周囲の者の中には、彼を王に選ぶべきだと言うものもいるがね」

選ぶ……。

昨夜の彼の言葉が頭の中に大きく響く。

『俺を選べ』

「でも、本人にその気がないのだから、心配はないさ。むしろ今は、彼に欲が出てくれるといいと思うくらいだ。ロザリンド、そろそろ広間へ行こう。行けるかい？」

「ええ、もちろんよ。ちょっと驚いただけですもの」

私は城での自分の務めがよくわかっている。

どんなふうに振る舞い、何を口にすればいいかもわかっている。

ローウェルが真実を口にするまで、私は『何も知らない彼の婚約者』なのだ。その芝居は、ローウェルの前でも続けなければならない。

……嘘が、重なる。

最初の偽りが何であったのかも忘れるほど。

先に立ち上がったローウェルが改めて私に手を差し出す。

微笑んでその手を取る。

二人で並んで廊下を進み、広間へ近づく。

人々のざわめきが近づき、皆が私達に、ローウェルに頭を下げる。

それに会釈を返すこともなく、二人で進んでゆく。

ゆるやかな音楽が聞こえ、大広間の扉が開く。

目映《まばゆ》い光に照らされる着飾った人の群れ。その多くの人々の視線が私とローウェルに注がれる。

彼は悠然と微笑み、私もそれに倣う。

案内の者が近づき、私達を玉座に近い椅子に先導する。

玉座を挟んだ反対側には、一つだけの椅子がポツンと置かれていた。あそこにラルフ様が、エクウスが座るのだろう。

空っぽの椅子の周囲には、何人かの有力貴族が集まっていた。あれがラルフ様を推す者達なのだろう。

頭が、冷えてくる。

宮廷での出来事をきちんと把握できるようになる。

ここでは、まだ王位の争奪戦が行われているのだ。本人達の意思とは関係なく、権力争いがある。

今、ローウェルのテーブルにつける席から溢れてしまった者達は、自分の席を作るために新しいテーブル、ラルフ様を立てて自分の椅子を得ようとしているのだ。

「ごきげんよう、殿下」

ローウェルのテーブルにつく貴族の一人が声をかけてくる。

「ごきげんよう、バスク侯爵」

「本日はまるで一対の人形のようですな」

私に向けられる視線に微笑み返す。

「ありがとうございます、侯爵」

その一人を皮切りに、ローウェルに声をかけられる特権を持つ者達が次々と挨拶にやってくる。

その波が途切れぬうちに、ファンファーレが鳴り、国王夫妻の登場を告げる。

私もローウェルも席を立ち、玉座へ向いた。

陛下が現れ、その後ろに王妃様、ラルフ様と続く。

ああ、どうして今日まで気づかなかったのかしら。こうして見れば、エクウスが二人の子供であることがはっきりとわかるほど、彼はお二人の特徴を受け継いでいるのに。

顔立ちは陛下、目と髪の色は王妃様にそっくりだ。

会場にいる皆も同じことを思ったのだろう、初めて見る第二王子に微《かす》かなざわめきが起こる。

それも陛下が片手を挙げると静まった。

「今宵《こよい》は、私のもう一人の息子、ラルフの披露目だ。今まであまり表に出ることはなかったが、これからは皆もよくしてやってくれ」

言葉が切れると、拍手が湧き起こる。

ローウェルとラルフ様の間にわだかまりがないことを示すために、ローウェルも拍手をしていた。

私も笑顔で手を叩いた。

それが開催の合図となって、また音楽が流れる。

エクウスは、私の正面に立っていた。

音楽の始まりと共に椅子に座ったが、彼は一度も私の方を見なかった。

すぐに取り巻きが集まり、その姿さえ隠してしまう。

「踊ろうか、ロザリンド」

「ええ」

誘われて、フロアに出る。

皆が、私達を見ている。

私は、完璧にならなくては。

メイミの言葉が、私を支える。

そうよ、私は完璧なのよ。

ローウェルの婚約者として、この場の注目の的なのだもの。王子妃として相応しく、ロザリンドは近々結婚する女性として見られなければならない。

ローウェルが城から去るつもりだということを、この場の誰にも悟られてはいけない。

「あと何度君と踊れるだろう」

「お望みなら何度でも。別にお城の大広間でなくても踊りはできるわ。でもあなたが取る手は私ではないわよ」

「彼女は踊りを知らないだろう?」

「私が教えておくわ」

私は完璧だった。

ローウェルと踊り、他の何人かとも踊り、お父様達とも会話した。

サロンでは女性達の質問攻めにも笑顔で答え、意地悪な陰口を聞き流し、祝福の言葉をさらりと流し、長い長い時間、皆が望む『ローウェル王子の婚約者』を演じ続けた。

それはとても辛い時間だったけれど、私はやり遂げた。

誰の手も借りずに……。


パーティが終わると、陛下から家族での席を設けるので出席するよう伝言があった。

私は、疲れたから帰りたいとローウェルに告げ、彼もその方がいいだろう、父上には私から伝えると言ってもらった。

帰りの馬車に乗ると、完璧の仮面が外れる。

だんだんと混乱に整理がついてくる。

エクウスは、ラルフ様だった。

彼は、私がローウェルの婚約者であることを知っている。

ローウェルが王子の地位を棄てることも知っている。

なのに、それを誰にも、ローウェル自身にも、両親である国王夫妻にも告げなかった。

それを知らせれば、ローウェルは城に残るよう説得されるだろう。彼を王にしたいと思っている気持ちが本当ならば、その方法を取るべきだ。

でもエクウスはそうしなかった。

このまま行けば、近い将来ローウェルは姿を消す。

そうなれば、王位継承の一位はエクウス……、ラルフになる。

もしも、彼がそれを望むならば今の行動は正しい。自分は何もしなくても、ローウェルが勝手にいなくなってくれるのだから。

彼の中で、私という存在は何なのだろう？

『俺を選べ』と言った言葉の意味を疑ってしまう。

私がローウェルの婚約者に選ばれたのは、お父様が宮廷内で力を持つ者だからだ。次期国王の後ろ盾としてお父様が必要だった。

それを盤石にするための婚約だった。

お父様は、ローウェルを『選んだ』のだ。

今まで、ラルフはローウェルに『王位はあなたのもの』と言っていたとしても、それは本心だったのだろうか？

チャンスが来るまではおとなしくしていただけではないだろうか？

今までは本当に考えていなかったとしても、今回計らずも手にはいったチャンスに野心が芽生えたのではないだろうか？

心を決めた、と言っていたのは王位に即《つ》くことを決めたという意味ではなかったのだろうか？

私達はまだ出会って日が浅い。

会っていた回数も少ない。

愛の言葉を交わしたこともない。

なのに彼が私に恋をしてくれたなんて、あり得るだろうか？

私ですら、その気持ちをはっきりとさせることはできなかったのに。

彼が隠していた事実を知って、疑惑が膨らむ。

勝ち目のない争いには興味のなかったラルフは、今までおとなしくしていた。

けれど、今回のことで、自分も王位に手が届くと知ってしまった。

ローウェルは王位を棄てた。王位は空席になる。そこに自分が座っては何故いけないのかと考えた。

今まで公式の席に出なかった彼には後ろ盾がない。けれど、ローウェルが手放した『私』という駒《こま》にはその後ろ盾がついている。

義兄の婚約者ではなくなった私を求めるのは悪いことではない。むしろ、義兄の非礼を詫《わ》びる意味でも、私との結婚は周囲を安堵《あんど》させるだろう。

彼はそんなふうに心を決めたのではないだろうか？

そして私に会いにきて、私にその気があるかどうかを確かめた。私がエクウスに応えたから、彼はこの案がイケると考えた。

彼が今まで固辞していたというのに、突然公式の席に姿を見せたというのも、その疑惑の証拠にも思えた。

考えている間に馬車は屋敷に到着し、メイミが出迎えてくれた。

「お帰りなさいませ、お嬢様」

くったくのない笑顔に心が癒やされる。

「ただいま。とても疲れたわ」

「お風呂の支度はしてございますわ。すぐに入られます？」

「ええ、お願い」

メイミの恋は、大きな障害があって、その障害を乗り越えることで愛情の真偽を確かめることができる。

全てを棄ててまで自分を選んでくれたという信頼が、愛情を揺るぎないものにしてくれているだろう。

では私は？

私の恋は？

まとう。

エクウスであれば、疑いはもっと少なかったが、ラルフが私を望むことには利益が付き

彼が王位を得るために、私という駒は必要だ。

私を迎えれば、お父様が手に入る。もしも彼が義兄を憎んでいたら、ローウェルから全てを奪ったという証《あかし》になる。

着飾っていたドレスを脱ぎ、裸で湯に浸《つ》かると、全ての肩書が取れて自分が愚かな女になった気がした。

王子の婚約者でも、公爵令嬢でもない、恋をした相手の気持ちがわからないと悩むだけの愚かな女に。

「お疲れでしたら、ココアでもお持ちしましょうか？」

お風呂から上がると、メイミがタオルで髪を拭いてくれた。

「そうね……、いいえ、ワインをいただくわ」

「まあお珍しい」

「疲れたから、ぐっすり眠りたいの。それを持ってきたらもう下がっていいわ。朝は寝坊すると思うから、呼ぶまで起こさないで」

「かしこまりました」

「ローウェルが、あなたと踊りたいって言ってたわよ」

「私と、ですか？　村祭りの踊りくらいしか踊れませんわ」
「だから私が教えておくと約束したわ。あの小さな家で、二人で踊るといいわ」
メイミは恥ずかしそうに笑った。
思惑のない笑み。
ローウェルはこういうところに愛を感じたのね。
彼女は髪を乾かし終えると、ワインを運んできて、テーブルに置いた。
「おやすみなさいませ」
彼女が出て行くと、私はドレッサーの前からテーブルへ席を移した。
……疲れた。
心も身体もクタクタだ。
デキャンターからグラスにワインを注ぎ、口元へ運ぶ。
お酒はあまり得意ではないが、得意ではないだけに飲めばぐっすり眠れるだろう。
夢も見ないで。
喉《のど》に流し込むワインは、香りはよいけれど僅かな渋みを舌に残す。
二口目を口に含んで飲み込もうとした時、音が響いた。
静かな夜。

音は大きく響いた。

それが何の音であるか、昨夜耳にした私にはすぐにわかった。誰が音を立てているかも、察しがついた。

ふらりと立ち上がり窓辺へ向かう。

ためらうことなくカーテンを開けると、やはりそこにはエクウスが、ラルフ王子が立っていた。

「ロザリンド」

私の名を呼ぶ。

「開けてくれ」

そうするのが当然であるかのように要求する。

昨夜は、彼を招き入れたら彼を受け入れてしまうことを恐れて開けなかった。でも今日は彼を受け入れられない気持ちと、彼に確かめたいことがあるので、窓を開けた。

ラルフは音もなく室内へ滑り込むと、後ろ手に窓を閉めた。

胸がざわつく。

飲んだばかりのワインが口の中で苦みを増す。

「驚いたか?」

彼は、得意げな顔で笑った。

その笑みが、もやもやとしていた私の心に火を点《つ》ける。

「驚いたわ」

低くなった私の声に、彼の笑みが消えた。

「隠していたことを怒っているのか？」

「怒っているわけではないわ」

「だが表情が硬い」

「あなたのことが信じられないから、警戒しているのよ」

言葉を表すように、彼に背を向け、距離を取る。

「ロザリンド？」

「触らないで」

離れた私を引き戻すように肩に置かれた手を、振り向いて払う。

「あなたが私を好きだという言葉を、もう信じられないのよ」

彼の表情が硬くなった。

「私はあなたを何と呼べばいいのかしら？　エクウス？　それともラルフ王子？」

「王子の肩書などいらない」

「では、ラルフでいいのね？」

「……俺の立場で真実の名を外で使えないことはわかって欲しい」

「そうね。第二王子がふらふらしてることは醜聞になるかもしれないものね」

「ロザリンド」

彼は再び私に手を伸ばし、今度はしっかりと捕らえた。

「あなたは、私が好きなんじゃないのよ！」

「何を……」

「あなたが欲しかったのは、ウォルシュ公爵家の後ろ盾なんでしょう？」

口にしてしまう、もう止まらなかった。

もっと冷静に話をするべきだとわかっているのに、『騙《だま》された』という悔しさが、湧き上がると、きっとそうだったんだという考えに傾いてゆく。

彼は、私を利用したのだ、という考えに。

「私が婚約を破棄されることを知ったから、私を手に入れて王位継承者になろうと考えたんでしょう」

「バカなことを」

「だったら、どうして今日のパーティに出席したの？　ローウェルがいくら誘っても、あなたは公式の席に顔を出すのを拒んでいたと聞いたわ。なのに今回は出席した。次期王となれるとわかったから、足場固めに出たのじゃないの？　そうよね、奥に籠《こ》もっていただけというには、随分な取り巻きが集まっていたわね。今までも裏で色々と工作していたのじゃない?」

「そんなわけがないだろう!」

彼も声を荒らげた。

互いに頭に血が上った状態での言い合いが、よい結果を生むわけがない。

「彼らは勝手に集まっただけだ。俺が集めたわけじゃない」

「あなたはローウェルが王位を放棄することを知ったわ」

「知ったからどうだというんだ」

「そうなればあなたが王位継承者よ」

「それを望んだことなどない」

「では何故そのことを誰にも言わなかったの? 陛下に進言すれば、ローウェルが王子のままで、あなた王位継承者にならなくて済むのに」

言葉が口から出るたび、『きっとそうなんだわ』という思いが追従《ついじゅう》する。自分で暗示をかけてるみたいに。

「義兄の望みを踏みにじれというのか?」

「あなたは彼をバカだと言ったわ」

「ああ言ったさ、今まで王子として大切にされておきながら簡単にそれを棄てるのも、婚約を破棄された後のお前のことを真剣に考えていなかったことも、バカなことだと思ったからな」

「やっぱりローウェルをばかにしてるんじゃない。何が『義兄の望み』よ」

「それはお前の望みでもあっただろう。だから黙っていたんだ」

「最初から？　それを信じろと？　出会った時は、あなたは私もばかにしていたわ」

「それは愛人を囲う男爵夫人だと思っていたからだ。……声を落とそう。こんな状態を人に見られると困るだろう」

「賊に侵入されたと言うわ。そうなったらあなたは王位につけないわね」

「だからそんなものは欲しくないと言ってるだろう」

「じゃあ何故私を好きだなんて言ったの？　あなたは私という勲章が欲しいのよ。自分が王位継承第一位になれた証として。力を手に入れる手段として。でも残念ね、私にも拒む権利はあるのよ」

「拒む？　俺を拒むつもりなのか？　俺を好きなのに」

「あなたを好き『だった』からよ。騙されても尻尾《しっぽ》を振るような性格じゃないわ」

「俺が王になるというなら、王の命令で呼び寄せることだってできるんだぞ」

彼の口から『王になる』という言葉が出た途端、『やっぱり』と思ってしまう。

「私の父のウォルシュ公爵には力があるわ。王に『なるかもしれない』人の言葉を拒むくらいはね。それに、ローウェルが私を棄てれば、陛下は私に対する贖罪の意識をお持ちになる。そうなれば、私が拒むことをねじ伏せられる人はいないのよ」

「お前が権力を利用するとはな」

蔑《さげす》むような口調。

私だって、こんなことは言いたくない。言わせてるのはあなたじゃない。

「出て行って」

肩に置かれたままの手を解こうと身を捩《よじ》る。

「嫌だ」

だが強い力は私を放さない。

「声を上げるわよ」

「男が部屋にいるのを見られて困るのはお前じゃないのか」

「ここは私の屋敷、私の言葉を信じる者の方が多いでしょう。あなたはローウェルへの意趣返しとして私を襲《ひる》いに来たと言えば、あなたは王位から遠ざかるわ」

睨みつけても、怯んでくれない。

「あなたとはもう二度と会いたくないわ」

「城に来れば会わずにいられないだろう」

「お城にも行かない。ローウェルがいる間は、彼は私の願いを聞いてくれる。彼がいなくなったら私は傷心と羞恥《しゅうち》でお城に行きたくないと言えばお父様も許してくれる。屋敷の警備も増やして、こんなふうに入ってこられないようにするわ」

「俺を選んだんじゃないのか?」

『選ぶ』という言葉が彼の権力への固執に聞こえる。

「選ばないわ!　あなたとはもうこれっきりよ!」

言い放った途端、彼の青い目に炎が揺らめいた。

本当に怒らせた、と思った次の瞬間、私は彼に唇を奪われた。

「……ン」

ローウェルと婚約はしていても、私達はキスなどしたことはなかった。子供の頃からあの人の婚約者だった私に、他の恋人などいなかった。

だからこれが初めてのキス。

最悪のキスだった。

押しつけられた唇。

肩にあった手が私の腰に回り引き寄せられる。

拒んで暴れると、更に強く拘束される。

押さえつけられるから、逃げる。逃げるからまた押され、ついに壁に押さえつけられる形になってしまった。

それでも彼は離れず、私の唇を貪《むさぼ》る。

舌が、唇をこじ開け、中へ入る。

柔らかく濡《ぬ》れた、初めての感触が口の中に広がる。

中で蠢《うごめ》く舌は私の舌に絡みつき、吸い上げる。

息が苦しくなって、拳《こぶし》で彼を叩いてその苦しさを訴えると、少し経ってからやっと彼は離れてくれた。

力が抜け、床に崩れ落ちそうになる。

その私のガウンの紐《ひも》に彼の袖のボタンが引っ掛かって、結び目が解けた。

押さえていた紐がなくなり、前が開く。

もちろん、下には夜着を着ていた。

薄手の、白い布だけの。でももう前を掻き合わせる力も残っておらず、私はそのまま床に座り込んだ。

「逃がさない」

ラルフの声が頭の上から響く。

「二度と会わないつもりなら、ここで決めさせてやろう」

何を？

と訊く暇《ひま》もなく、彼の身体が私に覆いかぶさる。

「止《や》めて……！」

腕を突っ張って彼を押し戻す。

「こんな姿で俺を部屋に入れたお前も悪い」

彼の手が、半開きだったガウンの前を大きく開く。

「男が我慢できるわけがないだろう」

「嘘つきだけでなく暴漢にもなるつもり？」

「お前は俺を好きだと言った」

「言ってないわ」

「目が語っていた。でなければ昨夜どうして俺に手を伸ばした？」

「私が手を伸ばしたのはエクウスよ、ラルフじゃないわ」

「どちらも俺だ」

「違うわ。あなたはどちらか一人よ。あなたが名を選んで」

この期《ご》に及んで、私はまだ希望を抱いていた。

ここで彼がエクウスを選んだら、まだ彼を信じられると思った。王子ではなく、ただの男としてここにいるのだと思えた。

けれど彼の言葉は私の望みとは違っていた。

「ならば俺はラルフだ」

彼が選んだのは、王子の名だった。

「俺は、ラルフでなければならない、そうだろう?」

王位を継ぐためには、そうね。でも私が望んでいたのがどちらであるか、頭のいいあなたにわからないはずはないわ。

なのに、あなたはそちらを選んだのね。

全身から力が抜ける。

それを合意と思ったのか、手が動く。

軽い夜着の裾《すそ》をめくり、脚に触れる。

再び口づけられ、床に押し倒される。

彼を、好きにならなければよかった。

恋心など曖昧《あいまい》なままにしておけばよかった。

そうしたら、こんな悲しみを知ることもなかったでしょう。

昨夜、彼に『好きだ』と言われ、隠し続けていた気持ちに光を当て、その姿をはっきりと見てしまった。

彼と一緒にいるのが楽しいのも、彼のことばかり考えていたのも、みんな彼が好きだったからだわ。彼を愛しいと思ったからだわ、と自覚してしまった。

利用されたとも知らずに。

堅い床の上で奪われるという惨めさは、愚かな私に与えられるには、相応しいものだわ。
夜着の襟元を留めていたリボンが解かれる。
ボタンが外され、下着をつけていない胸が露《あらわ》になる。
ラルフは、キスを唇から首に移動させ、更に下、胸を求めた。
唇が到達するよりも先に、手が私の胸を摑む。
膨らみを包み、捧《ささ》げるようにして、唇にそこを渡した。
「……っ」
舌が、私の胸の先を濡らす。
女性ならば、悦《よろこ》びを感じるかもしれないその行為も、ただ胸を痛めるだけだった。
手は脚を這《は》い上り、私の秘部に近づく。
奪われてしまうのか。
そうすれば私を手に入れたと思うのか。
「こんな……」
情けない。
私も、彼も。
情けなくて涙が零《こぼ》れた。
「……こんな形であなたに抱かれても、私はあなたを選ばない」

彼の手が、ピクリと震えて止まった。

「……ロザリンド?」

「私は王妃になど興味はないわ。だから王子にも興味はない」

彼が身体を起こす。

床に仰向けに倒れた私は、両の乳房を晒したまま、彼を見た。

「……何故泣いている?」

「情けないからよ」

「何故? 俺はお前を愛しているんだぞ」

「私は愛していないわ。私が愛しているのは……、エクウスよ。ラルフが私にしているのは暴力でしかないわ」

「どこに違いがある。愛があるのならば」

ムッとした表情を見せる彼に、嘲笑《あざわら》ってしまう。

「わからないの? 本当に? 私のこの姿を見ても?」

ラルフの視線が、私の全身を上から下へと移動した。

髪は散らばり、胸元ははだけ、裾をめくられて脚も露になった女性が、床に倒れて涙を零している。

これが愛する人に望まれている姿に見える?

愛するものを求めているのだとまだ言える？

彼の表情が、視線の動きと共に硬くなり、青ざめてゆく。

「このまま……、続けたければ続けてもいいわ。でも……、私の心は手に入れることはできない」

指一本動かさず、彼だけを見つめる。

「ラルフ王子。王子の名において、私に身体を差し出せと命じます？」

後悔を覚え始めた彼に、笑って見せる。

「それで、満足なさる？」

挑む口調の言葉を受けて、彼は立ち上がった。

「……クソッ」

吐き捨てた一言はそれだけだった。

他には何一つ言わず、彼は部屋から立ち去った。

入ってきた窓から夜の闇の中へ。

駆け去る足音すらさせず、静かに消えていった。

「ふ……っ」

何か言ってよ。

「ふふ……っ」

私を抱き起こすとか、謝罪するとか。言い訳だっていいわ。私を置き去りにして逃げ出すなんて、私の嫌な考えを肯定しているようなものじゃない。

嘘でもいいから信じさせてくれればいいのに。

床に倒れたまま、私は笑った。

泣きながら笑い続けた。

自分は頭のいい人間だと思っていた。人を見る目もあると思っていた。でもそれが驕りと高ぶりでしかなかったことに気づいて。

「恋なんか、しない方がいいんだわ……」

この苦しみの中、たった一つだけ学んだことを口にすると、また涙が零れた。

彼に恋をしているという事実を再認識してしまって……。


テーブルの上に残っていたワインを全て飲み干してから、私はベッドに入った。

お酒が入っていたから、言葉が過ぎたのかもしれないという後悔が僅かにあったけれど、とにかく眠りたかった。

眠って、全て忘れてしまいたかった。

なかなか寝つけなかった分、朝は寝過ごしてしまい、目を覚ましたのは昼に近かった。

ベルを鳴らしてメイミを呼ぶと、彼女は私を見てほっとした顔をした。

「なかなか起きていらっしゃらないから、心配しましたわ」

「飲み過ぎたのよ」

「そのようですね。デキャンターが空になるほど飲まれるなんて、初めてではございませんか？」

「そうかしら？　……そうかもしれないわね。飲み過ぎて頭が痛いわ。今日は一日部屋で過ごすから、食事は運んで」

「二日酔いというものですわ。では、すぐにお持ちします」

ベッドの中で食事をし、また布団の中に潜り込む。

頭の中を空っぽにしようと思っても、すぐにエクウスの姿が浮かんだ。思い出すまいと思えば思うほど、鮮明に。

ラルフは……。

もう彼のことをエクウスと呼ぶことはやめよう、あの人はラルフなのだ。

ラルフは、王になるだろう。

今の陛下には、二人の他にお子様はいらっしゃらない。ローウェルがいなくなれば、ラルフ、当然の話だ。

彼は、いい王になるかもしれない。

人の暮らしというものを知っていたし、身分で人の扱いを変えることもない。

王子にしては、人々の暮らしについてよく知っていた。あれは王になるつもりがあったから、調べていたのかもしれない。

探していた家も、そういうことに使うつもりだったのかも。

城で会ったラルフは、立派だった。

ちょっとしか見られなかったけれど、王族としての威厳もあった。

私が拒んだから、いつか私に代わる有力貴族のお嬢さんと結婚するでしょう。王になるのが彼の望みだろうから。

どれもこれも、私には関係のない話だわね。

……これから、どうしようかしら？

ローウェルとの婚約が破棄されたらいっそ尼僧院でも入ろうかしら？

他人の影響で自分の人生を変えるのもシャクだわね。

ローウェルとのことを理由に、陛下に病院への出資をお願いしたらどうかしら？　そして私は病院の院長になるの。

うん、これはいい考えだわ。

家を出て、病院で働けば、きっと忙しくなって何も考えずに済む。

お父様も傷心を癒やすためだと言えば反対はすまい。

家を出れば、ローウェルとメイミの家に遊びに行くこともできるかもしれない。

二人が幸せになれば、私も幸せになれる。

城にはもう行かない。

ラルフが王子として扱われている姿を見たら、騙されたことが悔しくなってしまうし、他人と並ぶ姿も見たくない。

あの時……、彼が自分はエクウスだと言ってくれれば、私もローウェルのように家を棄てることができたかもしれない。

「楽しかったわね……」

街を歩き、家を探し、憎まれ口を叩きながら食事をしたり買い物したり。

もう二度とあんな時間は訪れないのだと思うと、胸が締めつけられた。

「今日一日。今日一日だけよ、感傷に浸るのは。明日からはまたいつもどおりになるわ。ラルフのことなんか忘れてみせる。だからもう少しだけ思い出させて……」

誰に聞かせるわけでもない言い訳を口にしながら、さらに布団の中に潜り込む。

また溢れる涙を隠すために。

一日休んでから、私は精力的に動き始めた。

病院の建設に向けての計画を練り直したり、買い物に出たり。メイミとあの家へ出向いてみたりもした。もちろん、ジャンも一緒だけれど。

ジャンの結婚については、本人に訊くと、お父様には報告済みだったらしい。

私と一緒に出掛けるようになってから、なんとなく疑われていることを察し、報告したのだそうだ。

ソツがないのが彼らしい。

お父様といえば、私がパーティでローウェルとの仲のよさをアピールしたことで機嫌がよくなったのか、私の外出には寛容だった。

お陰でやりたいことは大抵できた。

チャンスだと思い、病院を造りたいと思っていることも、もう動いていることは伏せて話してみた。今までは『お前のやることではない』と言われるだろうと話せなかったのだ。

ローウェルも賛成していて、陛下にも話をしてくださるらしいというのも付け加えておいた。

ローウェルの名前だけでは、『こと』が起こった後に賛成してくれなくなるかもしれないので。

賛成は口にしなかったけれど、反対はなさらなかった。

忙しさが途切れると、またふっと彼を思い出すから、思いきり忙しくした。

病院やメイミのことだけでなく、公爵の娘としての務めも果たしていた。

王城には足を運ばなかったが。

ローウェルとは、何回か会った。彼が我が家を訪れてくれたので。

でも私の部屋で時間を過ごすということにして、彼が来ている時には私は寝室へ席を外した。

仲睦まじい二人の邪魔はしたくなかったので。

ラルフは、来なかった。

窓の外で音がするたびに耳を済ませてしまったけれど、それは雨音だったり、風の音でしかなかった。

私の拒絶を本気ととって、もう利用できないと思ったからか。本当に私が好きで、酷いことをしたと後悔しているからか。理由はわからない。

もう彼はここを訪れることはないだろう。

ローウェルから彼の話を聞くこともなかった。

日々が過ぎてゆく。

心は大きく傷ついたままなのに、不思議なほど自分は普通に振る舞っている。

笑うことすらできる。

誰も私の傷みに気づかない。

私ですら、気づかなくなる日も遠くない気がした。

「毎日が楽しいわ」

と笑っていれば、いつか。

そうしてあの夜から一ヵ月も過ぎた頃、突然やってきたローウェルが私に言った。

「明日、城に来て欲しい」

いつになく真剣な顔。

「お城へ行くのは嫌だわ」

と言っても、彼は引かなかった。

「どうしても、来て欲しいんだ」

「……何故?」

それに対する返事は、ついにその日が来たかというものだった。

「父上にメイミの話をするつもりだ。君にも立ち会って欲しい」

思っていたよりも早い動きだった。

「そう……。覚悟を決めたのね?」

「ああ」

「口にしてしまえば後には引けなくなるわよ?」

「元より引くつもりはないよ」

「そうね。あなたはちゃんと考えて答えを出したのね。これからの生活のこととかは考えているの?」

「ああ。君に約束しよう。君の大切なメイミを、決して不幸にはしないと」

いつも争いを避け、曖昧な言い方をする人だった。笑顔を絶やさず、穏やかな表情をする人だった。

けれど今私の目の前にいるローウェルは、力強く信念を持つ男の目をしていた。

どこか陛下に似ている。

……あの人とも。

「それだけ自信を持っているなら、私にはもう何も言うことはないわね。いいわ、明日王城へ伺います。私は何も知らないふうを装っていればいいのかしら?」

「君の心のままで構わないよ。思ったとおり、感じたとおりでいい。これは『私』の問題だから、君に望むことはない」

「あなた……見違えるようになったわ。私の知らない人みたい」

「自分の望みを叶《かな》えるためには、強くならなければね。私がふらふらとしていたら、皆を不幸にする」

　この力強さがメイミを愛したお陰だとしたら、彼にとっては恋はよいものだったわね。

「ロザリンドには本当にお世話になった。迷惑もかけた。だから忘れないで欲しい。私は君の夫にはなれなかったが、一生の友人だ。君が、助けが必要な時はいつでも私を呼んでくれ。誰を敵に回しても、かならず君を守るよ」

　彼らしからぬ言葉に私は笑った。

「そういうセリフはメイミに言ってあげなさいよ」

「彼女は呼ばれなくても守るのさ」

「まあ、ごちそうさま」

　王城には行きたくなかったけれど、これだけは仕方ないわね。

　これが終われば王城へ行かなくてもよくなると考えれば、これが最後の登城だわ。

「それじゃ、明日」

「ああ。明日」

　その日はメイミと話すこともなく、彼はそのまま帰っていった。

「殿下は何の用だったんだね？」

　ローウェルが帰ると、お父様が声をかけてきた。

「明日、城へ来るようにとのことでした」

「いよいよ結婚式の話か」

「さあ?」

いいえ、お父様。その反対よ。

「私も一緒に行こうか?」

「いいえ、お父様のことは何もおっしゃいませんでしたわ。恐らく、お父様には後日別の機会を設けるのではないかしら?」

「うむ。そうだな」

彼はなにも言わなかったけれど、この話をする時、お父様がいらっしゃらない方がいいだろう。

「明日が、運命の日になるかもしれんな」

笑うお父様に、同意を示す。

「そうですわね」

意味は正反対だったけれど……。


翌日は、メイミも朝からそわそわしていた。

「ローウェルから聞いた？」

と訊くと、彼女はキュッと唇を結んだまま首を横に振った。

「でも、昨日いらっしゃった時に、いつもと違うお顔でしたから……」

そうね、あの表情は隠しようがなかったわね。

「……お嬢様。もしもあの方が正しい道に戻られることを選んでも、私は少しも恨まないとお伝えください。素敵な夢が見られて、幸せだったと」

泣きそうになるのを堪《こら》えて笑う彼女が愛しい。

「ばかね、正しい道は愛のために生きることよ」

私はメイミの頭を胸に抱いた。

「でも……、あの方は優しい方ですから、ご両親が苦しむことは選べないかも」

「彼には野心家の弟がいるから平気よ。未来の王様の代わりはいるわ」

「もしも、の話です。あの方が選ぶ道ならば、私はそれを受け入れると」

あんなに愛し合っているように見えても、不安から疑いを抱くものなのね。

「わかったわ。そんな時が来たら、そう伝えるわ。私の平手打ちと共にね」

「お嬢様」

「さ、着替えを手伝って。今日は国王夫妻にお会いするのだから、とびきり美しく装っていかないと」

「はい」

人の心には隙間がある。

そこに不安や疑い、野心や嫉妬が入り込む。

『信じる』という言葉は、崖《がけ》の上から垂らされたロープのようなもので、悪い方へ落ちたくないから縋《すが》りついてしまうけれど、手を滑らせたり切れてしまうことを恐れなければならない。

メイミも、ローウェルの愛を信じてしっかりとそのロープを掴んでいるけれど、切れてしまうこともあるのでは？　と恐れているのだ。

大丈夫よ。

私のロープは切れてしまったけれど、ローウェルのは切れたりしないわ。

そう言ってあげたかったけれど、こればかりは他人が言っても聞き入れないでしょう。

私のロープ……。

私は彼を信じてあげたかしら？　切れるのが怖くて自分でロープから手を放したのではなかったかしら？

いいえ、私はロープが切れる音を聞いたのよ。

彼は、王子であることを望んだじゃない。自分を選べと迫ったじゃない。

間違ってはいないはずよ。

……多分。

メイミは、私を美しく作ってくれた。

今日はパーティではないから、落ち着いたスミレ色の髪飾りに、袖口《そでぐち》に白いレースをあしらった、前合わせの白とスミレ色のドレスを選んでくれた。

「ピンクの方がお似合いだと思ったのですが、陛下の御前ですから、落ち着いた色をお選びいたしました」

「スミレは好きな花だから嬉しいわ」

装うと、武装した気分になる。ドレスを着て、顔を上げている間は、私は公爵令嬢だからしっかりしていないと、と。

馬車に乗り込み、一人王城へ向かう。

城は、パーティの夜よりも人の姿が少なかった。

まだ日も高いし、催しもないのだから当然ね。

私が来ることは知らされていたので、入り口に待っていた案内が私を奥へ導いた。

長い廊下を抜け、階段を上り、王族の居室のある奥へ。

公的な謁見室ではなく、私室の方で会うのね。

扉を抜けるたび、華やかだった廊下が、落ち着いた雰囲気に変わる。地味なのではなく、シックな雰囲気だ。

私は、こちらの造りの方が表向きよりも好きだった。

最奥の、陛下の私室には足を踏み入れたことはなかったけれど、ローウェルの部屋なら行ったことがある。

亡くなられた前王妃様のお部屋も、その時彼に覗かせてもらった。

家具には白い布がかけられていたが、壁などは百合《ゆり》の描かれた美しい部屋だった。

だが、今日連れていかれるのは、そのどちらでもない。初めて通る廊下を進み、大きな扉の前で止まる。

「ウォルシュ公爵令嬢、ロザリンド様をご案内いたしました」

扉を開けてもらい、中へ進む。

部屋は、私室ではないようだった。

普通の住居でいえば、応接室のようなものだろうか？　テーブルはなく、ハイバックのゆったりとした椅子に座っているのは、正面に陛下とリリアンナ様、お二人の両側にローウェルと……、ラルフが立っている。

部屋にいるのは、その四人だけ。

国王夫妻の前には緑のベルベットが張られた長椅子が置かれ、私はそこに座らされた。

立っているローウェル達の後ろにも椅子はあったが、座る気配はない。

彼らは揃いの白の正装で、黒いズボンを穿《は》いていた。

ローウェルの目に力が籠もるようになった今、面差しも似ている気がする。違うのは、髪の色だけだ。

「よく来たな、ロザリンド」

陛下からのお言葉があり、私は立ち上がってご挨拶しようとしたが、陛下はそれを手で制した。

「座ったままでよい」

「ありがとうございます。お言葉に甘えて、このままで失礼いたします。本日はどのような御用でございましょうか？」

わかっているのに、さりげなく尋ねる。

「いや、私もわからんのだ。王子達からの頼みでな。まあ、大かたの想像はつく。そろそろロザリンドが私の娘になるということであろう？」

陛下はローウェルに視線を向けた。

ローウェルは、目で軽く会釈し、一歩前へ出た。

「陛下に報告したいことがございますので、お時間を設けていただきました」

『父上』ではなく『陛下』と呼ぶことで、これが公式で重大な発言であることを表している。なので陛下も表情を引き締めた。

「うむ。申してみろ」

「私は、ロザリンド嬢との婚約を破棄いたします」

「な……！」

陛下と王妃様のお顔が驚きに包まれる。

私も、驚いたふりをしようと思ったが、ローウェルから目が離せなくて、彼の顔だけをじっと見ていた。

「私には、他に愛する者がおりますので、その心を偽って彼女と結婚することはできません」

「お……、お前は何を言っているのか、わかっているのか？」

陛下の驚きが怒りに変わる。

「わかっております。王妃様の前で失礼かとは存じますが、私は、自分の母の姿を見て育ちました。ですから、自分の夫に他に愛する者がいるという生活をロザリンドにさせる気にはなれないのです」

「ローウェル！」

王妃様は目を伏せ、陛下は更に怒りを増した。

「その相手とは誰だ。ウォルシュ公爵家の後ろ盾を失ってもよいほどの者なのか？」

「平民です」

「何？」

「とある貴族の屋敷で働いている侍女です」

陛下はついに椅子から立ち上がった。

「そんなことを許すものか！　王子の相手が、侍女だと?」

「ですから、私は王子の身分を返上してもよいと思っております」

けれどローウェルは一歩も引かなかった。怯む素振りも見せない。

「ローウェル！」

「もう決めたのです」

「お前は……、お前は……！」

「陛下」

その時、何故かラルフも前に出た。

「王子はここにもおります」

いえ、『何故か』じゃないわね。この時を待っていたのだわ。

「ラルフ」

「義兄上がいらぬというものは、私が全て受け取ります」

「あなた、何を言っているの」

これには王妃様が慌てた。

「申し訳ございません、陛下。出過ぎたことを……」

「王妃様、私は違《たが》わず王の子供です。母は、王妃であるあなたです。王位を継ぐのに何の不都合がありましょうか？」

「ラルフ！　あなた、王城は嫌いだと言っていたではありませんか。王族になどなりたくないと」

「そのとおりです。ですが、私には王子になる必要ができたのです」

王妃様は額を押さえ、小さく呻《うめ》いて椅子の背に倒れ込んだ。

「王位だけではありません。ウォルシュ公爵令嬢も、義兄上がいらぬと言うなら私がいただきましょう」

「くだらぬことを言うな。お前達二人とも、だ。ロザリンドはローウェルと結婚する。ラルフはローウェルを支えてゆけばいい。お前には相応の地位を用意してやる」

「いいえ」

「いいえ」

二人は異口同音に陛下の言葉を否定した。そのせいで陛下のお顔が真っ赤に染まる。

「私は自分の愛する者と結婚いたします。王子でいる限りそれが許されないというのなら、私は城を去ります」

「私は次期国王に名乗りを挙げ、ロザリンド嬢と結婚いたします」

二人とも、酷く冷静だった。背筋を伸ばし、後ろで手を組み、胸を張って静かな声で話し続けている。

「陛下。陛下は愛よりも王としての務めを優先させました。それはご立派なことです。ですが、愛も手放せなかった。そのせいで、母上も、現王妃様もどれだけ苦しんだか。私は、両方を手に入れられるほど器用な人間でも、強い人間でもありません。ですから、私は愛を取ることを決めたのです」

ラルフが、ローウェルに続く。

「私も母を見て育ちました。陛下の愛情を受けても、王妃という地位を得るまで、辛い日々を送った姿を。ですから、私は愛情だけでなく、愛する者には正しい地位を与えてやりたい。そのためなら、なりたくもない王子になってもよいと思っています。私は貴族も王族も好きではありません。けれど民は好きです。私なら、よい王になれると義兄上も言ってくださいましたし」

……え?

「私は王子でなくなったら、王城に残ることはできないでしょうが、彼の話し相手ぐらいにはなれるでしょう」

ローウェルがラルフの言葉を引き取る。

どういうこと?

何故二人は通じ合っているようような話をしているの?

目を見交わし、頷き合っているの？

「どうぞ、裁定を、陛下。私の望みは貴族ではない一市民の女性と結婚することです。他の全てを失っても」

「私の望みは、そこにいるロザリンド嬢との結婚です。彼女が、王子の婚約者でいられるように、王子として公式に立ちたいのです」

凜々《りり》しく立つ二人に、陛下は毒気を抜かれたように口を開け、ドスンと椅子に腰を下ろした。

「お前達は……」

私も、驚きで手が震えてしまう。

今、ラルフは何を望んだの？

『王になりたい』ではなく、私と結婚するために、私から王子の婚約者の立場を奪わぬために『王子になってもいい』？　私を求めることが優先された？

……いいえ、ここではそう取り繕っているだけかもしれない。

「ローウェルを王に据えることは……亡き妻との約束だ」

陛下が絞り出すように言った言葉に、ローウェルが応えた。

「陛下、愛情か王としての決断か、どちらかをお選びください。愛情を取るならば、どうか私の望みを叶えてください。王としての務めを果たされるのでしたら、より王に相応しい者に王位を与えてください。……父上が母上との約束を守ろうとしてくださったことは、確かに聞きました」

沈黙が、部屋を支配した。

王妃様は心配げに陛下を見、陛下は頭を抱えたまま動かない。

私も混乱に包まれ、成り行きをじっと見守った。

私が恋をした人が、どんな人なのか何を考えているのか、私をどう思っているのか。

きっとこれがそれを知る最後のチャンス。

全ての言葉を、彼らの態度を、ちゃんと見て聞いておかなくては。

「兄を差し置いて、弟に王位を継がせることは筋が通らない。皆を納得させられない」

「それには私に考えがあります。義兄上には病になっていただき、病気療養で離宮に移っていただけばよろしいのです。身の回りの世話をする侍女も付けて。義兄上が公式に私に王位を譲ると言ってくだされば、父上の責にはなりません。義兄上には、もちろん離宮から私を支えていただきます。そして……」

ラルフは私を見た。

「ウォルシュ公爵には、令嬢を王子の妻とする約束を果たすために、私を彼女の夫にすると伝えてください」

ローウェルも、私を振り向く。

「私には、君の気持ちはわからない。君がこの提案を拒むなら、何があろうと私が阻止しよう。君は私の大切な友人だ」

「私……？」

ラルフが動く。

私の前に立ち、私に手を差し出す。

「君が私を拒むなら、王位はいらない。もっと早くにそう言うべきだった。私を、『結婚相手』として選んでくれ」

私が動けずにいる間、彼はずっと私の目の前に手を差し出したままだった。彫像のように私を待っていた。

「ロザリンド、お前の思うとおりにしなさい。ローウェルもラルフも選べないのなら、私がそれを許そう。この部屋を出て行ってよい」

陛下の言葉に、やっと身体が動く。

四人の視線を受けて椅子から立ち上がり……、ラルフの手を取った。

「あなたの本当の心を知りたいわ。ちゃんと私に話して」

ラルフはにやりと笑った。

エクウスであった時と同じ顔で。

「いいとも、全て伝えてやる。だからお前も俺に本心を明かせ」

取った手が、強く握られる。

「後は頼みました、義兄上」

一言残して、ラルフは私の手を引き、戸口へ向かった。

ドアを開け、走りだす。

「ラルフ！　公爵令嬢に非礼は許さんぞ！」

「父上、止めなくても大丈夫です。彼らは愛し合っているのですから」

扉の開いたままの部屋から最後に聞こえたのは、そんな陛下とローウェルの声だった。


人気《ひとけ》のない廊下を奥へ向かって走り続け、彼は一つのドアを開けた。

「王城に住むのは嫌だったが、こういう時には便利だな」

と言うので、ここが彼の部屋だということがわかった。

「どうしてあの部屋から逃げ出したの？」

少し息切れしながら、走らされたことへの文句をこめて問いかける。

「そりゃ、みんなに聞かれて困るような話が山のようにあるからさ」

返事には納得した。

ラルフは私を椅子に座らせ、自分も隣に座った。手を握ったまま。いつまで握っているつもりなのかと、視線を手に向ける。気づいた彼は改めて握っていた手に力を込めた。

「これはお前が俺を選んでくれた証だ。嬉しくてすぐには離せない」

素直な言葉に顔が赤くなる。

「まだよ、説明が聞きたいわ。あなた、ローウェルと組んだのね？」

彼が肩を竦める。

礼服を着て、陛下の前に立っていた時は王子然としていたけれど、こうしているといつもの彼だわ。

「自分の行いを反省して、義兄上に相談したのさ。『義兄上が侍女と結婚したいことは知っています。私はロザリンド嬢と結婚がしたいのです』ってな」

「……メイミとのことは知っている、と脅しをかけたのね？」

「失礼だな。本当に相談したんだ。まあ、義兄上に現実も少しお教えしたがな」

「現実？」

「婚約を破棄されたお前が、どんな恥をかいて、どんな扱いを受けるか。義兄上は、本気でお前を自由にできるだけだと信じてたのでショックを受けてたよ。俺が王子としてお前との婚約を引き受ければ問題ないと言ったが、ロザリンドが決めることで、自分に訊くことではないときっぱり言ったのは、少し見直したが」

「彼のことを、バカだと言ったくせに」

「話してみてわかった。義兄上はバカではなく、ものを知らないだけだと。実際は聡明な方だった。……考えの甘いところはあるが、それは育ちのせいだろう」

ラルフは身体の向きを変え、私を正面から見つめた。

顔に浮かんでいた笑みが消え、真剣な顔付きになる。

「あの夜、自分のしたことを見てみろとお前に言われて、目が覚めた。義兄上のことは言えない、俺は自分が『よい』と思うことを相手の立場や気持ちを考えずに行っていただけだと。……父上も含めて、俺達三人はよく似ている。愛するものが手放せなくて、自分の考えだけで突っ走る。だから義兄上と、立ち止まって深く考えてみようと話し合ったんだ」

ラルフは、自分がローウェルとメイミのことを知っているということに加え、多少脚色はしたが私とのことも話した。

義兄上はすっきりしているでしょうが、もしも周囲の人間にもと王子と気づかれたら、侍女は『王子』をたぶらかした女と呼ばれるでしょう。

自分も、ロザリンドを連れて逃げることを考えたが、彼女に王子に棄てられた女のレッテルをつけたくはない。だから二人で解決策を考えましょうと持ちかけたそうだ。

それで、ローウェルがだんだん凛々しくなっていった理由がわかった。

彼は、ラルフの影響を受けたのだわ。

「細かいことは省くが、一番いいと思う方法が、さっきの陛下への進言だ。義兄上は病ということで奥に引っ込んでもらう。侍女をつけて。いつ治るかわからない病なので仕方なく、俺に継承権を譲る。俺がお前に一目惚《ひとめぼ》れし、結婚がいつになるかわからないから婚約の破棄を申し出たお前に求婚する」

「婚約破棄は私から言い出したことにするの？」

「棄てられるより棄てた方が立場がいいだろう？」

それはそうかもしれない。

「パーティの前夜、お前の部屋へ行っただろう？　あの時はまだ義兄上に相談もしていなかったし、悩んでもいた。ロザリンドは城でなくとも生きていける強さがある。義兄上より先に城を棄てて二人で暮らそうと言うべきか、王子となって正式に求婚すべきか。だがあの部屋で、そこにいるのが当然という姿のお前を見て、心が決まった。お前は王妃になるべき女だ。そのために俺は王になるべきだ、と」

心を決めた、というのはそういう意味だったの。自分が王になりたい、じゃなくて私を王妃にしたいと思ったなんて、考えもしなかったわ。

「俺がキスを残した窓ガラスにキスを返してくれたのを見た時、相思相愛だとも確信したしな」

「み……、見てたの?」

あの時もうあなたは闇に姿を消していたじゃない。

「見ていた。俺を見つめる目で、愛されてる自信はできたが、去った俺に窓を開けて手ぐらい振ってくれたら、もっと自信がつくと思って。手は振ってもらえなかったが、キスする姿に、それ以上の確信を得た。あの時正体を明かさなかったのは、ちょっとしたイタズラ心だ。驚かしてやろう、と。その結果、お前が『自分は利用された』と受け取るとは思っていなかった」

「ローウェルのことをもの知らずと言ったけれど、あなたも宮廷のことをあまり知らないのね」

「素直に認めよう。義兄上にも言われた。ロザリンドは元々政略結婚で自分と婚約したし、公爵の娘というのはそういう結び付きのために利用される存在なのだから、お前がそう受け取るのは当然だと。でもあの時はわからなかった。何故俺の気持ちを理解しない。どうしてそんな曲解をする。俺を愛しているなら、俺に従えばいい。必ず幸せにしてやるのだから、と身勝手な考えで怒りを覚えた。その怒りのままに、押し倒した」

表情が後悔を見せている。

もう気にしないでいいわ、とは言えないけれど、今度は私の方から手を握り返した。

力が伝わり、ラルフはハッとした後、申し訳なさそうに苦笑した。

「王妃にしたいと思った女が、床に倒れて泣いている。乱れた衣服が、自分が何をしようとしていたかを教え、俺は猛省したよ」

「それで、ローウェルに相談したのね？」

「ああ。お前の言うとおり、俺は宮廷のことには疎《うと》いだろう。それに、俺は父親に似て激情型だ。義兄上は母親に似てじっと耐えるタイプだ。二人で組んだらきっとよい結果が出るだろうと思った。さあ、これで全部だ。他に訊きたいことがあるか？」

「あるわ。あなた、どうして家を探していたの？」

「逃げるためだ。ロザリンドが怒ったように、俺が離宮に引っ込んでいても、訪ねてくるものは多かった。母上が愛妾である時には、挨拶を返しもしなかった者が、母上が王妃になった途端、手のひらを返した。貴族というのはこんな奴《やつ》らばかりだ。さんざん母上や俺を蔑んでいたのに、今度は頭を下げて擦《す》り寄ってくる。俺にローウェル王子と戦って、王位を得ては？　という者までいた」

「まあ……」

「そういう奴らから逃げて、静かに暮らしたかった」

そういえば、一人で静かに暮らしたいとは、家を探している時にも言っていたわね。

「お前も、くだらない貴族の娘だと思っていた。男爵夫人が愛人を囲うのなら、俺にあの家を寄越せと掛け合うつもりで後を追った。義兄上の婚約者で公爵令嬢とは思わなかった。それでも、まだ高慢な娘だと思っていたが、病院の話を聞いた時、お前は違うのだとわかった」

　頭を撫でてくれた時ね。

「そこからは、簡単なほどお前に惹かれたよ。だが、お前を求めるためには、俺は貴族でなければならない。俺が貴族になるということは、状況から見て王子となって義兄上の代わりに王位を継がなければならなくなるだろう」

「貴族や王室を嫌っているあなたには辛い選択だったのね」

「そこであの夜に戻るわけだ。他に訊きたいことは?」

「……ないわ」

　答えると、彼はずっと握っていた手を離した。

「では、全て知った上で、改めて答えて欲しい」

　椅子から立ち上がり、私の前に跪《ひざまず》き、手を差し出した。

「ロザリンド、お前を愛している。ずっと側にいて欲しいと思った初めての女だ。どうか、『結婚相手』として俺を選んでくれ」

　今度はすぐにその手を取る。

　さっきまで繋いでいた手は、同じ体温だった。

「もちろんよ」

ラルフが破顔し、満面の笑みを浮かべる。

手を握ったまま立ち上がり、私を抱き上げる。

「今度はどこへ連れていくつもり？」

驚いて訊くと、彼は当然のように言い放った。

「寝室だ。今度は、王城の王子の部屋のベッドだから、お前には相応しいだろう」

彼の手を取ってしまった私には、もう非常識なその言葉を拒むことはできなかった。


自分で選んだ部屋ではなく、与えられた部屋だというのはすぐにわかった。

明るい色彩の部屋の壁紙は花で満ちていたし、天井には金の飾りがついていたので。

家を探している時に、彼が未亡人が住んでいたという可愛らしい家を、玄関先を見るなりここには住めないと零したのを覚えている。

彼としては不満であろうこの部屋を受け入れたのも、私のためなのかと思うとくすぐったいような嬉しさが湧く。

柔らかなベッドへ私を降ろした後、彼はじっとその姿を見つめながら「やはりここが相応しい」と呟いた。

その言葉の前には『床よりも』と付くのだろう。

「キスして」

「女から誘うのか？」

「以前、暴漢に唇を奪われたの」

「何？」

誤解した彼の顔に怒りが過る。

「床に押し倒して、不埒な真似をする男だったわ。初めてのキスがそれじゃ嫌。ちゃんと、愛する人に愛されていると実感しながらされるキスを、『初めて』と言いたいわ」

でも私が言葉を続けると、察したのか顔を赤らめた。

「お前は案外意地が悪い。だがいいだろう、そんなものを忘れるくらいのキスをしてやる。好きな女が薄物一つで目の前にいたら、手が出てしまうのは仕方がない。まして相手も自分を好きだとわかってるならな」

「暴漢の擁護ね？」

「言い訳だ」

彼の青い瞳が近づく。

黒い髪が零れて私の頬に触れる。この髪を王妃様に似ていると思ったことがあったのを思い出す。

唇が触れるから、私は目を閉じた。

あの時押しつけられた唇は硬かった。でも今合わせられた唇は柔らかく、啄《ついば》むように何度も私を求めてくる。

回を重ねるごとに唇が接している時間が長くなり、ついにはぴったりと合わさったまま離れてゆかなかった。

元々一つの形だったものが再び合わさったように重ねた唇、舌が入り込む。

遠慮がちに私の舌に触れる。柔らかな触感は、抵抗がないとわかると舌は硬さを得て口《こう》腔《こう》内で蠢いた。

生き物のように、意思を持って動く熱い舌。

それに意識を向けていると、彼の手が私の髪に触れ、髪飾りを外した。

スミレ色の宝石が、ベッドの傍らのテーブルに置かれる前に微かに光った。

手はそのままドレスの胸元に伸び、何かを探るように布の上から身体に触れる。

胸の膨らみを撫でられる感覚にピクリとすると、舌が反応を感じ取って探るようだった手が、愛撫《あいぶ》に変わる。

あの夜の反省からなのか、彼の動きは全て、始めは様子を窺《うかが》い反応を見てから荒々しくなってゆく。

口づけも、いまや貪るように私の口を覆い、向きや角度を変えながら私を枕の中へ埋《うず》めようとでもしてるみたいに押しつけてきている。

唇なんて、口の中なんて、舌なんて、何かを感じるような場所だとは思っていなかった。感覚があるのは知っていたけれど、それがこんな感覚につながってゆくとは思ってもいなかった。

舌が動くたび、身体の中心で何かが応える。

頭の芯《しん》が痺《しび》れて意識に霞《かすみ》がかかる。

キスって、もっと優しいものだと思っていた。

こんなに激しいものだとは知らなかった。

ラルフは、私に知らないことを教えてくれる。『こう思っていた』ということの真実を教えてくれる。

「このリボンを引けばいいのか?」

ずっと無言でキスを続けていた彼が、唇を離して初めて口にしたのがその一言だった。

困ったような声がおかしくて笑ってしまう。

「それは飾りよ。その下の小さなリボンで留めているの」

答えてから、後悔した。

「これか」

迷いなく彼がリボンを引くと、胸元がふわっと楽になる。

前開きのドレスだったから、次々とリボンが外され、前が開いてゆく。

だがその下には下着が私を守っていた。

「女の服は複雑だな」

この間は薄い布一枚だったが、今日はきちんとドレスアップしているので、彼にとっては難攻不落に違いない。

これで心の準備をする時間が取れるわ、と思ったのもつかの間、ラルフは器用に私の服を脱がし始めた。

「ま……、待って……」

「理性も我慢もこの間の夜で使い果たした」

下着の紐も引かれ、前が開く。

ドレスが緩められた時よりも強い解放感。

「や……っ」

慌てて隠そうと胸元にやった手を取られ、胸の中心にキスされる。

「……っ」

当たる唇は熱く、鼻が冷たい。

「ラルフ……っ」

「俺は礼儀正しい王子様じゃないからな、欲しいものはすぐつかみ取る。ここで逃して、お前を他人に取られたくない」

キスが、胸の中心から乳房へと移ってゆく。

「正直に言うが、自信がないんだ」

「私は本当にあなたが好きよ。愛してるわ」

抑止になればとこちらも真実を告げたが、意味はなかった。

「お前の心はもう信じている。だが、俺という立場がだ。父上から『お前を王に』という言葉を聞かずに出てきてしまった。俺は王にはなれないかもしれない。王子として認められても、お前の父親に結婚を許されないかもしれない。そういう不安がある」

「……ラルフ」

「その不安をお前との繋がりで埋めようというのも、卑怯な話だがな」

いいえ。

言われて私もその不安に気づいた。

こうして抱き合えることが、最後ではないという保証はまだ手にしていないのだ。

「私はあなたの花嫁よ……」

抵抗していた手の力を抜く。

「どんな時も」

失いたくない。

その想いが私に覚悟を決めさせた。

「離れて。ドレスを脱ぐわ」

「ロザリンド」

「あっちを向いてて」

ラルフを離し、自分で身体を起こして彼に背を向けてドレスを脱ぐ。

半分脱がされていたせいで簡単に脱げたそれを床へ落とす。

下着も、上を外したところで彼が背後から抱きついてきた。

「だめ、まだ」

「お前は男を知らなさ過ぎる。こんな状態でおとなしく『待て』ができる男などこの世にはいないぞ」

「それはあなたの……、あ……っ」

背中に密着した彼の手が、脇《わき》から前に滑り込む。

背後から抱き締められ、胸が摑まれる。

優しい動きではあるけれど、摑まれた乳房は彼に弄《もてあそ》ばれ、私を熱くした。

「ロザリンド」

耳元で囁く声。

それと共にされる耳へのキスに鳥肌が立つ。

「これからは全て真実を告げると約束する。誤解されぬように」

胸を揉んでいた手が、人差し指だけ胸から離れて突起を嬲《なぶ》る。

「……あっ！」

快感、とはっきりわかる痺れが、声を上げさせる。

「お前が欲しいんだ」

甘い声で囁きながら、小さな突起を弾く。その様子が、俯けば全て自分の視界に入ってくる。

真剣なのか、ふざけているのかわからない。

ただわかるのは、指先は確実に私を蕩《とろ》けさせてゆくということだけ。

彼の腕の中で身をくねらせる。

逃げるためではなく、感じてしまうからじっとしていられない。

「あ……ん……っ」

密着しているから、背中に当たる彼の礼服のボタンが擦《こす》れて痛い。

胸先をいじっていた指が、突起を強く膨らみの中に押し込んだ。

「……あっ！」

押し込んだ先で、ぐりぐりと回転させる。

この感覚を何と言えばいいのだろう。

背筋がゾクゾクして、身体がぎゅーっと縮んで、彼を待つ場所が震えてしまう。

「ラルフ……、ラルフ……っ。それはいや……っ。あ……」

指が……。

「だめ……っ」

ついに逃れようと身体を前に倒す。

でも、しっかりと抱き締められた身体が逃げられるわけがなかった。

「あ……んっ」

耳にあった唇は肩へ移動し、そこを甘く食《は》んだ。

それもまた新しい快感を生む。

「だめ……」

千々に乱れた私の長い髪の間から、背中にもキスされた。

「ああ……」

受ける愛撫に翻弄《ほんろう》される。

前のめりに逃げたことで、ベッドに俯《うつぶ》せに倒れてゆく。

身体がベッドに沈むと、彼は私を支えていた腕を抜き、仰向けに返した。

力無く上を向いた身体に、彼の視線が注がれる。

「いや……、見ないで……」

恥ずかしくて、手で胸を覆う。自分の手だというのに、肌に異物が触れるだけで首筋がゾワリとした。

私は、手の置き所を間違えたわ。

もう見られている胸を隠すよりも、もっと別の場所を守るべきだった。

だって、身体から離れたラルフの手は、残っていたアンダースカートに挑んできたのだもの。

脱がすのではない。

裾を捲《めく》って、その中へ手を差し入れてくる。

脚を滑る硬い手。

脚を閉じようとすると、彼の膝《ひざ》が脚の間に差し込まれ、それを阻止した。

「俺の花嫁だろう?」

あの笑み。

勝ち誇ったような笑い。

お前は覚悟を決めたのではなかったのか、と言われた気がした。

「怖いわ……」

だから、嫌なわけではないと言い訳する。

「怖くはない、とは言わない。俺は今、野獣の気分だからな。加減もできないだろう。ただ一つのことだけに頷いてくれればいい」

「一つのこと……？」

「お前の気が変わって嫌がったとしても、最後までしていいか？」

最後、という言葉が何を意味するかわかっていた。

ローウェルとの結婚を控えていたのだもの、知識はちゃんと与えられていた。

「頷いてるか？」

下着の中で、手が『そこ』に近づく。

彼と繋がる。

その瞬間、他の人には嫁ぐことができなくなるだろう。私は『この人のもの』になってしまう。

でもそれに何の不都合があるの？

全てを捧げたいと思う相手のものになるのに、ためらう必要なんてないわ。

「……いやって、いっぱい言うかもしれないわ。怖いという気持ちは消えないかもしれない。それでも……、それでも、いい？」

ラルフはにっこりと笑った。

「いいさ。その姿もきっと可愛いだろう」

手は速やかに奥へ進み、私の秘部に触れる。

「あ」

探るように動き、濡れた場所を確認する。

引き抜かれた彼の指先は、私のせいで濡れていた。

それを確認すると、彼は礼服を脱ぎ捨て、裸になった。

引き締まった身体は私に覆いかぶさり、また口づけが始まる。長い、深い、口づけが。

「……ン」

キスが意識を麻痺《まひ》させている間に、指はまた濡れた場所に触れた。

今度は触るだけでなく、その奥を目指す。

襞《ひだ》を弄び、蜜《みつ》を纏わせ、指は敏感な部分を見つけてそこを責める。

身悶《みもだ》えている間に、キスは胸へ移り、胸が吸われる。

「脚を開け。動きにくい」

勝手なことを。

「そうだ」

なのに言うことをきいてしまう。

「これでも我慢をしているんだぞ。でなければもうとっくに襲ってる。ロザリンドが痛みを感じないようにしてやらないとな。義兄上は失敗したようだし」

「……え？」

「泣かれたそうだ。俺は泣かせたくはないな」

まさか、メイミが。

いつ？

驚きはあったが、他人のことを考える余裕はない。

ゆっくりと解され、甘く蕩けさせられ、力も抵抗も奪われる。

何かに縋りつきたくて目の前の身体に手を回す。

直《じか》に触れる男の人の身体は硬かった。

「あ……ん……っ。ん……っ。や……」

声が溢れ、快感から逃れられない。

私の様子を見たラルフは、指を抜き、身体を起こした。

「綺麗だ」

その一言を贈り、彼は私を奪った。

強い圧力を感じ、抱きついていた手に力を込める。

「あぁ……っ！」

形の違う剣が無理に鞘《さや》に収まろうとするように、強く入り込んでくる。

何度か行きつ戻りつしながら、それは奥へと進む。

「……ひっ、あ……っ」

大切な人の背に、爪《つめ》がかかる。

痛みは薄いが、苦しかった。

「ラル……っ」

突き上げられると息が詰まる。

身体の中に彼がいる。

猛々《たけだけ》しく私を求めている。

柔らかい場所を自分の形に変えながら、全てを収めようとしている。

変えられる。

「や……」

彼のものになる。

「いや……っ」

自分が、少女ではなくなることが怖い。感じ過ぎて淫《みだ》らな女に堕《お》ちるのが怖い。彼の色に染まるのが怖い。

けれど彼が怖いわけでも嫌なわけでもないから、背に立てた爪を深く食い込ませた。

離さないで。

私を求め続けて。

私も、二度とあなたを離さない、疑わない。

ずっと側にいる。

「や……ぁ…っ」

奥で感じる彼を、意識せず強く締めつける。

顔にかかった髪を、彼の手が優しく取ってくれるから、潤んだ視界の向こうに彼の笑顔が映る。

今までとは違う笑み。

優しく喜びに満ちた笑み。

その笑顔を作らせているのは、私なのだ。

苦しかったけれど、自分からその笑顔に口づける。

「好きよ……」

抱き合って求め合って、一つになる。

この幸福を他に伝える術《すべ》がないから、もう一度キスした。

その途端、中にいた彼が大きく動く。

「あ……」

後は、もう何もわからなかった。

怒濤《どとう》のように押し寄せてくる快感。

責め立てる、力強い彼の愛撫。

睫毛の先で彼の黒い髪が揺れる。

彼の腕に私の金の髪が絡みつく。

「ロザリンド……」

喉から零れ落ちてゆく自分の甘い声。

耳に届く、二人の荒い息遣い。

「俺の求める王冠は、お前だ……」

恋は……、とてもいいものだった。

とても幸せなものだった。


私とラルフの甘い時間は、『話し合い』の時間だったと報告された。

突然の出来事に混乱した私は、か弱くも気を失い、床に伏してしまった、ということらしい。

すぐに動かすのはよろしくないだろうから、暫く王城で休ませた方がいいとラルフが進言し、公爵家から私付きの侍女を呼び寄せて、世話をさせることとなった。

当然、その侍女はメイミだ。

公爵家や他の誰にも怪しまれることなく、メイミは城に入り、ローウェルが彼女を国王夫妻に紹介した。

陛下はそれが私の侍女であることに驚き、私の目の前で私を裏切っていたのかと、大層お怒りになった。

酷くメイミを責めたが、彼女は何も言い訳をせず、泣きながらもじっと耐えていた。

ローウェルも、言い訳をしなかった。

私が全て知っていて、彼女達に協力していることを教えてしまったのはラルフだ。

「お前にとって大切なものは、面子よりも妹だと思ったんでな」

とは、その時のことを説明してくれたラルフの言い訳だ。

ここでもメイミのことを『妹』と言ってくれたのはとても嬉しかった。

「だがこれからは妹じゃないな。俺の義兄上の奥方なら、お前の姉だ」

そのとおりね。

とにかく、ラルフはそれをきっかけに、全てを陛下に話してしまった。

自分が本当は城を出て行こうとしていたこと。

そのための家を探している最中に、メイミとローウェルの新居を探している私と出会ったこと。

私は彼の正体を知らず、彼は私の正体を知り、ローウェル達の恋を理由に私を連れ回している間に恋をしたこと。

さすがに私を襲ったことは秘密にしたそうだが。

メイミは、ラルフの告白の後で、声を上げて泣き伏した。

悪いのは自分でお嬢様は何一つ悪くありません。罰するなら私だけを、と何度も懇願した。

ローウェルも、悪いのは自分であってメイミでもロザリンドでもないと庇《かば》った。

驚いたのは、それを見た王妃様が、二人の側に立ったことだ。

「床に座り、メイミの手を取って、泣かないでいいのよ、と言った途端、父上を振り向いて切々と語ったよ。あんなに話す母上を見たのは初めてだ」

王妃様は陛下に、自分も同じだとおっしゃったそうだ。

隣国の王女との結婚が決まった時に、身を引くべきだった。身分も低いのに、今またこうして王妃の椅子に座っている。

この娘を咎めるなら、どうか自分を咎めて欲しい。

この娘を罰するなら、先に自分を罰して欲しい。

そしてローウェルを咎める権利は、あなたにはないはずだ、と。

これには陛下も口を噤むしかなかった。

考えてみると、本当に殿方三人はよく似てらっしゃるわ。

ともかく、王妃様のお陰で、陛下の怒りはおさまった。

メイミは私のもとへ届けられ、そこから王家の皆様で更に細かい話し合いが続けられた。

結果から言うと、ラルフの提案が認められたのだ。

先月、ローウェルは突然パーティの席上で倒れた。

もちろん、お芝居だ。

それには私も出席していたが、それはもう大変な騒ぎだった。

会場は悲鳴に包まれ、衛士《えいし》は走り回り、ローウェルはすぐに奥の間に運ばれた。

私達が見守る中、王城の医師団が下した診断は『原因不明』。当然だわ、お芝居なのだもの。

彼は意外にも病人のお芝居がうまくて、力が入らない、手足が痛いと訴えて医師達を悩ませた。

三日が過ぎた後、医師団が、『原因不明』の後に『病』と付けて発表した。

そこからがまた壮大なお芝居だ。

人々の前に車椅子《くるまいす》に乗って現れたローウェルは、自分は王となるに相応しくない。王位継承の一位にはラルフを据えると宣言した。

王妃様はもっと様子を見てからにしてはと進言し、ラルフも義兄上を差し置いてその地位につけませんと訴えたが、彼は聞き入れなかった。

王位継承者を曖昧にしておくことは争いの種になる。

誰が押しつけるのではなく、この私が決めたことに反対はないはずだ、と押し切った。

その席で、私との婚約も破棄となった。

今、ローウェルは王妃様が暮らしていらした離宮に移り、幸福な時間を過ごしている。

ラルフは足しげくお見舞いに通い、私も婚約者ではなくなったけれど、友人としてお見舞いに通った。

実際は、ラルフはローウェルに宮廷での知識を与えられ、私とメイミは楽しい時間を過ごしていただけなのだけれど。

一方で、これは重要な儀式でもあった。

つまり、ここで長く一緒の時間を過ごしたラルフが私に好意を抱く理由になった、とするためだ。

三日前、ラルフは王子としてお父様に私を妻に欲しいと申し込みに来た。

私を王妃にしたかったお父様は、もちろんそれを受けた。

ローウェルが城から下がったせいで、権力に陰りを予感していたお父様には、渡りに船だったのだろう。

ただ、今度の王子はお父様の思いどおりになるようなタイプではないけれど。

私もこの一ヵ月、婚約が解消されたことで、哀れまれたり厭味を言われたりとなかなかの時間を過ごした。

今日からは、その態度がまた変わるだろう。

今度は何と言われるのかしら？

節操がない？

冷たい？

可哀想？

それとも……。

そこまで考えた時、控え室のドアがノックされた。

「はい、どうぞ」

ノックに答えると、ラルフ王子が入ってきた。

「ああ、綺麗だな」

今日は瞳と同じ深い青の礼服を着ていた。飾りは銀だ。

「あなたもとても素敵よ、王子様」

からかうように言うと、ラルフはちょっと口元を歪めた。

「よかったわ、青いドレスを選んで。こうしているとお揃いに見えない？」

「偶然じゃない」

「え？」

「お前が青いドレスで来たと侍従に聞いたんで、慌てて上着を替えたんだ」

「まあ、細やかな心遣いですこと」

「お前とローウェルよりお似合いに見せたかったんだ。みんなのイメージはそっちの方が強いだろうから」

そのセリフが可愛くて笑ってしまう。

ラルフはあの日立てた誓いをずっと守ってくれていた。

私に嘘はつかない。秘密を持たない、『どんなことでも話す』という約束を。

「私の覚悟は決まってるわ。何を言われても平気だし、あなたのそばからは離れないわ」

「頼もしいな」

今夜のパーティは、私達にとって特別なものだった。

ラルフが王位継承第一位の王子として、陛下が認定したことを公式に発表するためのパーティだった。

同時に、私とラルフの婚約発表も行われる。

ついこの間までローウェルの婚約者だったのに、もうラルフに乗り換えたのかと言われるのは確実だろう。

親の都合で婚約者を決められて可哀想という人もいるかもしれない。

王子から王子に乗り換えられてラッキーね、と厭味も言われるかも。

「私、一つだけ気になってることがあるの」

「今更?」

「本人には訊けないから、教えてくれない?」

「何だ?」

私が座っていた長椅子に、彼も一緒に座る。

顔が近くなったから、小声でそっと聞いてみた。

「メイミとローウェルって、いつ結ばれたの? メイミは王城に来たこともなかったし、ローウェルが我が家に来てもすぐに私のところに来ていたし。あなたはどうしてそれを知ったの?」

ラルフはちょっと悩むような顔をした。

でも、私に秘密は持たないという約束は、ここでも守られた。

「ローウェルがお前に手を出していたかどうかが知りたくて、それを訊いたんだ」

「私とローウェルはそんな関係じゃなかったわ」

「それも聞いた。初めてだったしな」

「バカ！」

思わず彼を叩く。

「それで、最初の時はどうするかっていう話になって、義兄上が自分は泣かれて困ったって話になったんだ」

「いつ？」

「よくはわからないが、お前の屋敷に泊まった夜、ただ一緒に過ごすだけのつもりで部屋に呼んだらそういう雰囲気になったらしい。まあ、この辺でいいだろ？　あんまり他人が話すことじゃないし」

我が家にローウェルが泊まった？

そんなことあったかしら？

……あったわ。

狩りの勉強に遠出してた時、出先から真っすぐ我が家を訪れた時、お父様に誘われてローウェルが泊まったのだわ。

あの夜、私の部屋の前には見張りの召し使いがいたけれど、彼の部屋は失礼だからと誰もついていなかった。

メイミ会いたさにわざわざ疲れた身体で来るなんて、情熱的だと思った。

あの翌日、彼はとても眠そうだった。

旅の疲れだと思っていたけれど、夜更かしの疲れだったのね。

「そんなに気になるなら、週末にでもまた一緒に行けばいいだろう」

「本人には訊けないって言ってるでしょう」

「ローウェルに訊けばいい」

「どちらにも、よ」

「じゃ、俺が訊いてやろうか？」

「……週末には行くべきね。あなたはローウェルからもっと礼儀を教えてもらうべきよ」

ふん、と彼が鼻を鳴らす。

エクウスだった時は、もっと大人に見えていたけれど、この人は随分と子供っぽいところもあるのよね。

「ああそうだ。今日もう一つ発表することがあった」

「あらなあに？　私は聞いてないわ」

ほら、また子供の顔。

今度はちょっと自慢げね。

「今日、俺の名で慈善病院の建設を進言する。託児所もな」

「ま……あ」

これは自慢されてもいいわ。

「嬉しい！　ありがとう！」

「キスのお礼は？」

「いくらでも」

抱きついてキスする。

だからこの人が好き。

私のことをちゃんとわかってくれている。同じ考えを持ってくれている。

「殿下、お時間でございます」

ノックの音がして、ドアの外から侍従が声をかける。

彼は立ち上がり、私の手を取った。

「波風が立たないように、は無理だろうが、俺達ならうまくやるさ。覚悟はいいな？」

「もちろん」

彼と腕を組み、私は部屋を出た。

目映い光と人々の群れの中へ。

私達が愛し合っていることを隠さずに済むための場所へ。

私は、幸運な娘だわ。

誰にも負けない、世界一幸せな娘よ。

愛する人と共に歩いてゆけるのだから……。

あとがき

皆様、初めまして、もしくはお久しぶりでございます。火崎勇《ひざきゆう》です。

この度は、『王位と花嫁』をお手に取っていただき、ありがとうございます。

イラストの周防佑未《すおうゆうみ》様、素敵なイラストありがとうございます。担当のS様、色々とありがとうございました。

原稿執筆中に色々とトラブルがあって、お二人にはご迷惑をおかけしました。

すみませんでした。

さて、今回のお話、いかがでしたでしょうか?

ここからはネタバレがありますので、お嫌な方は後回しにしてくださいませ。

王子の婚約者であるロザリンドが、婚約者を侍女に譲るという、珍しい始まりです。

が、結局彼女は王子の婚約者、未来の王妃にはなるのですが……。

こうして結ばれた二組のカップル。

ラルフ（エクウス）とロザリンドはこの後二人で病院を造るため、身分を隠して街に出たりして、色々アクティヴに楽しむでしょう。

元々おとなしい二人ではないので、トラブルにも巻き込まれるかも。

ラルフは今までも街を勝手に歩き回っていたので、見知りの女性とかがいて、ロザリンドにヤキモチを焼かれたり。男性の口説きに鈍感なロザリンドが男性に迫られてピンチになったのをラルフが助けて「何やってるんだ！」と怒ったり。

でも問題は王宮内でのこと。

ラルフは王位継承権を横取りし、ロザリンドは王子を乗り換えた女性と思われているわけですから。

非難されたり意地悪されたり。ロザリンドは宮廷慣れしてるので、我慢したり聞き流したりできるのですが、ラルフの方はそれで怒ってしまいそう。

女性達がロザリンドを苛《いじ》めてるのを見ると、みんなの前でロザリンドにキスして、「私が彼女に一目惚《ひとめぼ》れして婚約してもらったのだ。彼女を責めるのはお門違いだ」と宣言したりする……かも。（笑）

で、もう一組のカップルであるローウェルとメイミ。

ボンボン王子のはずなのに、ローウェルも情熱的であることはお読みになった通り。やる時はやる男、というかやっちゃった男です。（笑）

王位をラルフに譲ってからは、離宮でメイミとゆっくり過ごしているわけですが、どうしてもメイミをきちんと自分の奥様にしたい。なので、メイミをこっそりと貴族の養女に出して、後々ちゃんと結婚します。

そして弟が城の中でヤンチャをしていると知ると、健康状態が少し良くなった、と言ってお城へも顔を出すようになる。

で、二人で国を治めることになるでしょう。

ところが、この王子二人、なかなかの情熱派。なので、外国から来た王子や大使などが、ロザリンドやメイミにちょっかいを出そうものなら、二人で「許せないですね、兄上」「そうだな、ラルフ」などと目配《めくば》せして、女性達の見ていないところで相手をこらしめるかも。

まあ、静のローウェルと動のラルフ、二人を支える奥様達の四人が揃《そろ》えば、この国は安泰です。

蛇足ですが、ジャンも結婚していつかコワーイ執事になるでしょう。

それでは、そろそろ時間となりました。また会う日まで、皆様ご機嫌好《よ》う。

『王位と花嫁』、いかがでしたか？

火崎《ひざき》 勇《ゆう》先生、イラストの周防佑未《すおうゆうみ》先生への、みなさまのお便りをお待ちしております。

火崎 勇先生のファンレターのあて先

〒112-8001 東京都文京区音羽2-12-21 講談社 文芸第三出版部「火崎 勇先生」係

周防佑未先生のファンレターのあて先

〒112-8001 東京都文京区音羽2-12-21 講談社 文芸第三出版部「周防佑未先生」係

N.D.C.913　252p　15cm

火崎 勇（ひざき・ゆう）
1月5日生　B型　東京都在住
ヘビースモーカー
ジャンルを問わず著作多数

講談社X文庫

white heart

王位《おうい》と花嫁《はなよめ》

火崎《ひざき》 勇《ゆう》

●

2018年2月1日　第1刷発行

定価はカバーに表示してあります。

発行者――鈴木　哲
発行所――株式会社 講談社
東京都文京区音羽2-12-21 〒112-8001
電話 編集 03-5395-3507
販売 03-5395-5817
業務 03-5395-3615
本文印刷―豊国印刷株式会社
製本―――株式会社国宝社
カバー印刷―豊国印刷株式会社
本文データ制作―講談社デジタル製作
デザイン―山口　馨

ISBN978-4-06-286976-8